TETRALOGÍA ION

MÁS ALLÁ
DE LAS FRONTERAS DE
MINOS

MARIO ESCOBAR

GRUPO NELSON
Una división de Thomas Nelson Publishers
Desde 1798

NASHVILLE   DALLAS   MÉXICO DF.   RÍO DE JANEIRO

Editora en Jefe: *Graciela Lelli*

Tipografía: *Grupo Nivel Uno, Inc.*

ISBN: 978-1-60255-893-9

Impreso en Estados Unidos de América

13 14 15 16 17 18 RRD 9 8 7 6 5 4 3 2 1

A la nueva generación de lectores de mi familia, que muy

pronto verán en los libros su consuelo.

A Elí, Andrea y Alex, que son el mejor de

los mundos imaginarios.

«Una de las cosas que distingue al hombre de los otros animales es que quiere saber cosas, quiere saber lo que es la realidad simplemente por saberlo. Cuando ese deseo es completamente sofocado en alguien, pienso que esa persona se convierte en algo menos que humana».

C. S. Lewis

ESCRITOR DE *CRÓNICAS DE NARNIA*

«Ni el más sabio conoce el fin de todos los caminos».

J.R.R. Tolkien

«Somos una imposibilidad en un universo imposible».

Ray Bradbury

PRÓLOGO

LA FRESCURA DEL AGUA NO me molesta, más bien logra despejarme por las mañanas. Dormir en una camioneta es muy incómodo. Tienes la sensación de que todos tus huesos están descolocados, como si tu cuerpo se convirtiera en un rompecabezas que cada mañana tienes que resolver.

Siempre soy el primero en despertarme, después preparo una fogata para calentar un poco de agua y tomamos leche en polvo; a veces comemos algo más, pero lo normal es que nuestros desayunos sean frugales.

La segunda en levantarse es Mary. Sale del vehículo con los ojos cerrados y aún pegados por las legañas, después se acerca al riachuelo y empieza a lanzarse agua a la cara, como un explorador perdido que ha encontrado un oasis.

Todo se convierte en rutina rápidamente, pero en la tierra de después de la Gran Peste todo puede cambiar de repente, sin previo aviso.

Aquella mañana yo ya había calentado la leche cuando observé a lo lejos algo extraño. Eran poco más que sombras, pero no dudé en tomar mi rifle y acercarme a comprobar que Mary estaba bien. Subí la pequeña colina y miré alrededor. El bosque se extendía hasta el riachuelo, pero al otro lado la mala hierba crecía sin control en lo que había sido un campo de cultivo. Mary estaba inclinada, refrescándose, cuando observé cómo tres gruñidores se aproximaban por el lado del bosque. Apenas me dio tiempo de pensar, solo por un segundo, qué hacían los gruñidores tan al sur, tan lejos de cualquier ciudad habitada, para después disparar al aire y gritar a mi amiga que se pusiera a salvo.

—¡Mary, cuidado!

Cuando se giró y vio a los gruñidores acercarse, comenzó a correr, dejando en una de las rocas la toalla y la ropa que se iba a cambiar. Yo apunté a los gruñidores; no quería hacerles daño, pero si se acercaban demasiado a Mary, tendría que disparar. Mi amiga corrió todo lo que pudo, pero al intentar ascender por la colina se escurrió y se quedó unos segundos sentada, con la mirada clavada en la mía y paralizada por el miedo.

—¡Corre! —le grité.

Los gruñidores estaban muy cerca. Apunté a uno y le disparé en la pierna; se tiró al suelo dolorido, y el resto continuó corriendo sin hacer mucho caso a los disparos.

—¡Deténganse! —grité.

Entonces escuché dos disparos que provenían de los bosques. No localicé al tirador, pero los gruñidores se giraron y al ver que estaban rodeados, se lanzaron al riachuelo. Mary subió la colina y se puso detrás de mí.

—¿Estás bien? —le pregunté.

—Sí, solo un poco asustada —comentó aún jadeante.

Intenté descubrir quién nos había ayudado en el momento oportuno, pero no pude ver a nadie entre los árboles.

—Será mejor que nos marchemos —dije, regresando a la camioneta.

Patas Largas estaba sentado sobre una piedra bebiendo la leche.

—No he terminado —se quejó.

—Hay gruñidores por la zona —le contesté.

—No es posible, estamos lejos de grandes ciudades —dijo Patas Largas.

—Por alguna razón están emigrando al sur, donde hay más población —le comenté.

Preparamos las cosas y nos pusimos en marcha. El tanque de gasolina comenzaba a estar vacío de nuevo. Miré el mapa, y la única localidad cercana era un pequeño pueblo llamado Ukiah, cerca del parque forestal de Umatilla. Nuestro objetivo aún quedaba muy lejos, pero con paciencia encontraríamos el camino y llegaríamos a California. Siempre es bueno tener un sueño, un objetivo, aunque este parezca alejarse cada vez que intentas alcanzarlo.

PARTE I:
LOS HOMBRES ÁRBOL

CAPÍTULO I

UKIAH

—LA CARRETERA 244 ES LA mejor opción. Apenas nos desvía un poco del camino, pero necesitamos combustible —le dije a Patas Largas.

Mi amigo me miró con una sonrisa; últimamente nada parecía alterarle. Se le veía feliz en la carretera, conduciendo y disfrutando del viaje. En nuestra anterior salida, encontrábamos obstáculos a cada paso y el camino hasta Portland fue un infierno, pero ahora todo parecía estar más tranquilo. Viajábamos por una de las zonas más desiertas del estado de Oregón y teníamos la sensación de estar de excursión, más que en busca de mi hermano Mike y de Susi. Hacía algunos días que habíamos dejado atrás Ione, nuestro querido pueblo. Ahora lo único que importaba era encontrar a nuestros amigos.

—Ese es el desvío —dijo Mary señalando una carretera a la izquierda.

—Tenemos suerte de viajar a finales de primavera por esta zona, porque los inviernos aquí deben de ser muy duros —comenté mientras nos aproximábamos al pueblo.

Al fondo se veían los bosques, pero los alrededores de Ukiah estaban despejados, como en Ione, aunque no había campos cultivados, lo que indicaba que no quedaban supervivientes por la zona.

—Este pueblo está muy apartado, puede que encontremos algo de comida. Esta gente debe de hacer provisiones para el invierno y sus despensas estarán llenas —dijo Patas Largas.

Mi amigo solo pensaba en una cosa todo el día: en comer. A sus dieciséis años y en pleno crecimiento, parecía un saco sin fondo.

El pueblo era apenas medio centenar de casas dispersas, algunas autocaravanas, un par de tiendas de comestibles, una escuela y una iglesia. Suficiente para vivir en un lugar apartado, al estilo de la austera vida de los colonos del siglo XIX.

En cuanto pasamos los primeros edificios nos extrañó que no hubiera autos en la cuneta, casas destrozadas y cristales rotos; parecía como si la gente del pueblo simplemente estuviera durmiendo la siesta después de un largo domingo en la iglesia.

—No se ve en muy mal estado el pueblo —dijo Mary mientras observaba por la ventanilla trasera.

Nos detuvimos frente a una de las tiendas. Era un sencillo edificio de madera pintado de blanco. Las puertas estaban abiertas, pero todo el género estaba en las estanterías, como si lo acabaran de colocar. El polvo y la oscuridad de la tienda eran los únicos indicadores de que el local estaba abandonado.

Nos acercamos a las estanterías. Algunos productos se habían estropeado y parecían petrificados sobre los estantes, pero las latas y las conservas estaban intactas. Patas Largas empezó a llenar uno de los carritos metálicos de la entrada. Después de un par de días a base de leche en polvo, judías de lata y sardinas, aquellos alimentos le parecían manjares.

Después de aprovisionarnos de comida, fuimos a buscar combustible.

Los surtidores de la gasolinera estaban llenos, pero al no funcionar la electricidad, tuvimos que extraerlos de una manera más rudimentaria. Después de llenar el depósito y cargar varias garrafas en el maletero, escuchamos lo que parecía el ruido de un motor en algún punto, al otro lado de la ciudad.

—Será mejor que nos marchemos —dijo Mary.

—¿No les parece curioso que esté todo intacto en este pueblo? —pregunté a mis amigos.

—No quiero averiguar lo que ha pasado —dijo Mary subiendo a la camioneta.

Pero era demasiado tarde para irnos. Un Hummer H3 negro apareció por el fondo de la calle. Nos asustamos cuando el vehículo pisó el acelerador y se dirigió a toda velocidad contra nosotros. Parecía que quería embestirnos.

CAPÍTULO II

CONTAMINADOS

EL HUMMER FRENÓ EN SECO y el vehículo derrapó hasta quedar casi a la altura de nuestras caras, asomadas a la ventanilla de la camioneta. Una nube de polvo nos cubrió por completo y esperamos quietos, paralizados por el miedo, unos pocos segundos que se me hicieron eternos.

Del vehículo salieron cuatro hombres. No eran gruñidores, pero eran adultos y vestidos de uniforme, aunque por lo que pude comprobar no eran del ejército; se trataba de guardas forestales. Llevaban cubiertos los rostros con máscaras de gas y unos cascos negros.

—¿Han agarrado comestibles? —preguntó uno de los guardabosques con la voz amortiguada por la máscara.

Nos hicieron bajar del vehículo y comenzaron a lanzarnos preguntas.

—Sí —le contesté con el rifle en la mano.

Uno de los guardabosques tomó el arma de mis manos, mientras que el que parecía el jefe no dejaba de hablar.

—Hay que dejarlo todo. La comida, el vehículo; ya desinfectaremos su ropa.

—No dejaremos la comida —protestó Patas Largas.

Varios de los hombres le encañonaron con sus rifles y mi amigo dio un paso atrás. Después nos obligaron a entrar a la parte trasera del auto. Estaba completamente plastificada, como si quisieran mantenernos en cuarentena.

El Hummer salió a toda velocidad del pueblo, y por las ventanillas pudimos ver que se dirigía hacia el bosque. Alejándonos de nuestro destino, una vez más Susi y Mike tendrían que esperar. Aquellos misteriosos hombres al menos me habían dado la esperanza de que yo también pudiera sobrevivir a mi dieciocho cumpleaños. El mundo después de la Gran Peste nos había condenado a morir antes de llegar a vivir plenamente.

CAPÍTULO III

EL POBLADO DE LOS HOMBRES ÁRBOL

EL ÚLTIMO TRAMO DEL VIAJE lo hicimos con los ojos vendados. Aquellos extraños no querían que viéramos dónde nos dirigíamos. Mary respiraba a mi lado fatigosamente, atemorizada por los primeros adultos normales que veía en su vida, mientras que Patas Largas intentaba relajarse silbando un poco y yo procuraba memorizar los giros y los olores del camino, aunque dudaba de que pudiera encontrar el camino de vuelta.

Después de dos horas de viaje por caminos de tierra, el vehículo se detuvo. Se escuchó cómo se abría nuestra puerta, y aún con la venda en los ojos nos llevaron hasta un barracón.

—Tienen que ducharse y luego utilizar los sprays que están sobre el banco. La ropa colóquenla en aquella incineradora y pónganse los uniformes que les hemos dejado —ordenó uno de los hombres.

Dejamos que Mary se duchara primero, y después lo hicimos nosotros dos. Tras quemar la ropa, nos vestimos con una especie de uniformes de campaña de color verde. Parecíamos soldados recién reclutados. Cuando salimos del barracón, uno de los hombres nos llevó a un comedor. Estaba vacío, pero por las grandes hileras de asientos y largas mesas de madera, allí podía comer medio millar de personas.

—Agarren lo que quieran —nos dijo el soldado mientras nos ofrecía una bandeja. Sobre todo había verduras y frutas, pero también algo de pollo asado y hamburguesas. Nos llenamos las bandejas y nos sentamos en una de las largas mesas.

La comida estaba muy rica. Desde Místicus no habíamos comido nada fresco, todo enlatado. Mientras observaba a Patas Largas comiendo a dos carrillos, me preguntaba: ¿cómo habían sobrevivido aquellos adultos? ¿Realmente estaba contaminada la comida que aún quedaba en las ciudades?

En ese momento entró una mujer rubia, con el cabello recogido, vestida con un uniforme ceñido y una gorra. Se acercó a nuestra mesa, y con voz marcial nos ordenó que nos pusiéramos de pie.

—Imagino que tendrán muchas preguntas. Será mejor que las dejen para Adán. Nuestro líder les recibirá de inmediato. No hablarán si él no les da permiso; manténganse de pie y firmes —dijo la mujer.

—¿Por qué nos han traído aquí? —preguntó Patas Largas.

—Han sido reclutados por el Ejército de Restauración Estatal. El resto de la información la recibirán a su debido tiempo —dijo la mujer mientras nos indicaba que saliéramos del recinto.

CAPÍTULO IV

CONOCIENDO A ADÁN

IMAGINÁBAMOS A ADÁN COMO UN hombre fuerte y adulto, parecido a los soldados que nos secuestraron, pero en cambio era un niño de poco más de siete años. Vestía de camuflaje, como el resto de la gente del bosque, pero eso no escondía sus rasgos infantiles. Tenía el cabello largo y rizado, de un intenso color rubio, y sus ojos azules parecían tristes, como si añorara el no haber tenido nunca una infancia que disfrutar. Al fin y al cabo, ninguno de nosotros la había tenido. En el mundo después de la Gran Peste no había lugar para la inocencia. Al lado de Adán había dos enormes soldados de color.

—Hola, forasteros, sean bienvenidos a la ciudad de los hombres árbol —dijo Adán.

—Gracias —respondí.

—Perdonen que les hayamos traído de una forma tan violenta, pero mis hombres querían asegurarse de que no contaminaran el campamento —dijo Adán.

—¿Contaminar el campamento? —pregunté intrigado.

En ese momento, uno de los soldados me golpeó en el estómago con el rifle y me caí de rodillas doblado por el dolor. Se me había olvidado que no podía hacer preguntas directas a no ser que me preguntaran.

—Desde que comenzó la peste, hemos logrado mantener este campamento limpio. No sé lo que habrán visto en su viaje, pero este es el único sitio de Estados Unidos de América en el que el gobierno sigue en funciones. Será mejor que se pongan al servicio del restablecimiento del orden público —dijo Adán.

Asentimos con la cabeza.

—Hoy mismo empezarán la instrucción; necesitamos muchas manos para reconquistar este país de las bandas de niños salvajes y los chupasangres que comienzan a llegar de las ciudades. Les prometemos dos cosas si permanecen fieles. La primera es que no morirán al cumplir los dieciocho años; la segunda es que serán ciudadanos libres de Nuevos Estados Unidos de América —dijo Adán.

La mujer nos sacó de la sala y nos llevó hasta la zona de entrenamientos. Medio millar de jóvenes y niños entrenaban por pelotones en las inmensas instalaciones del campamento. No había muchos adultos, pero los que había eran instructores de los más pequeños.

—La chica irá al pelotón femenino, y ustedes dos al de los recién incorporados —dijo la mujer.

—Sí, señora —dijo Patas Largas.

—A partir de este momento soy el cabo Harris para ustedes. Tendrán que saludar y decir: «sí, mi cabo» —dijo la mujer.

Nunca habíamos participado en un campamento militar, pero eso era lo más parecido que habíamos visto en nuestra vida. Antes de la peste, aquellos sitios eran verdaderos correccionales en los que los niños y jóvenes problemáticos eran reeducados, pero a los pocos meses podían regresar a su casa. Mientras nos uníamos a nuestro pelotón, no podía dejar de pensar en mi hermano y Susi. Llevábamos demasiado tiempo separados, y en un mundo como aquel, cada día era una aventura que no sabías cómo terminaría. Ahora nos tocaba ser soldados, pero al poco tiempo comprobamos que no se diferenciaba mucho de ser esclavos.

CAPÍTULO V

EN EL BARRACÓN

UNA DE LAS COSAS DE las que me di cuenta enseguida fue de que el tiempo en el campamento de los hombres árbol pasaba volando. Tras todo un día de duros entrenamientos y marchas, lo único que pensabas era en comer y dormir.

Aquella noche, cuando llegué al barracón que nos habían asignado, tuve que hacer un verdadero esfuerzo para no dormirme en cuanto me tumbé en la cama. Tenía demasiadas preguntas e inquietudes para no intentar sonsacar a mis compañeros de litera.

En la de más arriba había un chico oriental; estaba algo entrado en carnes y debía de rondar los catorce años. No era muy parlanchín, lo que me animó a elegir al chico que estaba justo debajo de mi cama. Se llamaba Charly y no tenía más de doce años, pero parecía uno de los más espabilados del pelotón.

—Charly —le llamé en un susurro. Las luces estaban apagadas y apenas se escuchaba el ronroneo de alguno de los miembros del pelotón y la lluvia que golpeaba los tejados de zinc.

—¿Qué pasa, Tes? Estoy muy cansado, y mañana hay que despertar al alba. Tú acabas de llegar, pero yo llevo aquí un año; y en este campamento no se descansa ningún día de la semana.

—¿Por qué tanto entrenamiento? ¿A quién creen que se enfrentan? —pregunté a Charly.

—Imagino que lo hacen simplemente para mantenernos en forma y ocupados —contestó.

—¿Cómo se formó este grupo? —le pregunté.

—No sé toda la historia, pero al parecer, cuando comenzó la Gran Peste un grupo de guardabosques de los pueblos cercanos se refugió aquí. Al poco tiempo comprobaron que si se mantenían aislados y evitaban la comida de la ciudad, no caían enfermos. Pasado el tiempo, fueron reuniendo voluntarios como nosotros —dijo Charly.

—Pero, ¿de dónde proviene la comida? No he visto campos de cultivo ni nadie trabajando. Estamos en mitad de un bosque —le comenté.

—Es un misterio. No conozco a nadie que lo sepa. Imagino que traen la comida del norte. Deben de tener una especie de invernaderos —comentó Charly.

—¿Dónde están las chicas? —le pregunté.

—No lo sé, imagino que en otra zona del campamento. Esto es enorme —dijo Charly.

Uno de los guardas entró en el pabellón y nos callamos de inmediato. A los pocos minutos, había caído en un profundo sueño. Entonces tuve otro de mis sueños premonitorios. Mi padre me había hablado de que a veces Dios te muestra cosas que van a pasar. Tal vez para advertirte, prevenirte o simplemente para que lo sepas.

Aquella noche soñé con una gran explanada. En ella había dos ejércitos, uno enfrente del otro. Estábamos formados en filas. Los soldados del otro ejército parecían humanos de lejos, pero a medida que nos acercábamos, veíamos sus rasgos mutilados y deformes. Yo tenía mucho miedo, pero los soldados que iban detrás nos empujaban hacia aquel ejército de seres monstruosos. Cuando llegamos apenas a cuatro metros de distancia, nos ordenaron que disparáramos, pero a pesar de las balas, aquellos monstruos no parecían morir. Se acercaban cada vez más, hasta que tuvimos sus caras tan cerca de las nuestras que su pestilente aliento nos hizo sentir ganas de vomitar.

CAPÍTULO VI

LA EXPEDICIÓN

DESPUÉS DE UNA SEMANA DE duro entrenamiento, nos llegó la noticia de que nuestro pelotón saldría del campamento para hacer su primera expedición rutinaria. Los planes de Nuevos Estados Unidos de Norteamérica era ir aumentando su zona de control hasta liberar a todo el estado de Oregón y más tarde a todos los Estados Unidos de América.

Salimos del campamento antes de que amaneciera. Patas Largas no fue elegido para la misión. Nuestra marcha se dirigía hacia el sur. No nos habían informado del recorrido, pero yo sabía orientarme en un bosque. Llevábamos provisiones para cuatro días, por lo que deduje que caminaríamos durante dos días y después regresaríamos al campamento.

Marchaba junto a Charly. Hacía un día estupendo, y como estábamos en la parte de en medio de la marcha, podíamos hablar con cierta tranquilidad sin miedo a que los oficiales nos escucharan.

—¿Has salido antes a alguna marcha? —le pregunté.

—Hace dos meses. Viajamos en otra dirección. Nuestra misión es supervisar que los campamentos punta están bien —dijo Charly.

—¿Los campamentos punta? —pregunté extrañado.

—Sí, las avanzadillas. Estos campamentos son más pequeños y únicamente reciben una visita una vez al mes, y en invierno cada dos meses y medio —comentó Charly.

Tras cinco horas de caminata descansamos en un claro. Comimos y charlamos amigablemente en pequeños grupos hasta que los oficiales nos ordenaron que formáramos de nuevo.

Después de otras seis horas de marcha, se estableció un pequeño campamento para pasar la noche. Únicamente se levantó una tienda para los oficiales, pero el resto de nosotros dormimos en nuestros sacos, bajo las estrellas.

Mientras observaba el imponente firmamento, me pregunté qué habría en esos miles de estrellas. Una obra increíble, el más magnífico escenario del mundo, para estar vacío y solitario. Intenté orar unos momentos, pues llevaba muchos días sin hacerlo. Estaba tan agotado que por las noches caía profundamente dormido en cuanto llegaba a mi cama, pero no tardé mucho en dormirme.

CAPÍTULO VII

MALOS INDICIOS

LAS MARCHAS ERAN DURAS, PERO agradables. Al menos ya no teníamos que dar vueltas a las pistas de entrenamiento o arrastrarnos por el barro y pasar vallas de alambres. El tiempo fue bueno hasta la tarde del segundo día, cuando teníamos previsto llegar al campamento punta. El cielo se puso negro de repente; la luz apenas iluminaba nuestros pies y el sendero, y después, un viento fuerte nos sacudió durante un rato antes de que comenzara a llover con fuerza. Como no teníamos dónde protegernos, los oficiales nos ordenaron que acelerásemos el paso. El viento y la lluvia nos azotaban en la cara y, a pesar de los chubasqueros, a la media hora estábamos calados hasta los huesos.

—No llegaremos —le dije a Charly.

Él me miró con una sonrisa, aunque lo único que pude percibir fueron sus dientes blancos.

Cuando ya había comenzado a perder toda esperanza, observé a lo lejos un claro y en el centro una empalizada de madera. Habíamos llegado al campamento, pero no se veía ninguna luz ni nadie salió a recibirnos.

A medida que nos aproximábamos, en el camino encontramos restos de ropas, objetos de todo tipo abandonados y algunos animales muertos.

El oficial al mando ordenó que nos detuviéramos y mandó un pequeño grupo de exploradores. Para mi sorpresa, estuve entre los elegidos.

—Charly, Tes, Ramón, Philip y Chris, vengan conmigo —dijo nuestro cabo.

Salimos de la formación y adelantamos al batallón. Mientras nos alejábamos del ejército, intentaba repasar mentalmente algunas de las lecciones que había aprendido en la última semana, pero lo cierto es que temblaba como una hoja.

La empalizada estaba en algunos puntos chamuscada, pero se mantenía en pie. La gran puerta de madera estaba abierta de par en par, y cuando entramos en el gran patio central, lo que vimos nos hizo contener la respiración.

CAPÍTULO VIII

EL CAMPAMENTO
DE LA MUERTE

VER TAN CERCA LA MUERTE ha sido la peor experiencia de mi vida. Allí había decenas de vidas desparramadas por todas partes. Charly no pudo evitarlo y se puso a vomitar a mi lado. El resto de los soldados intentaba aguantar el tipo hasta que el cabo habló.

—¿Qué ha pasado aquí? Esto es una verdadera masacre.

Todos le miramos, pero ninguno se atrevió a comentar nada. Después seguimos caminando hasta la cabaña de mando, y mirábamos a todos lados. Teníamos miedo de que lo que había hecho eso a los muchachos tendidos en el suelo, nos lo pudiera hacer también a nosotros.

Cuando el cabo entró en la cabaña, se quedó sorprendido. No había impactos de bala, ni tampoco ningún tipo de casquillo.

—¿Qué ha atacado a los soldados? —preguntó en voz alta mientras se acercaba a uno de los cuerpos.

Me atreví a mirar por unos instantes y contemplé el rostro ensangrentado del chico. Cuando el oficial le levantó la camisa, algo parecido a dentelladas llenaba todo su cuerpo.

—Han sido atacados por alguna especie de animales —dijo el cabo.

Mientras se ponía de pie y nos ordenaba que dos de nosotros regresáramos a avisar al resto del batallón, se escuchó algo parecido a miles de aullidos a la vez. Se me pusieron los pelos de punta, noté cómo el corazón me latía a mil por hora, y comencé a correr junto a Charly para avisar al resto de los soldados. Entonces vimos decenas de perros y lobos que descendían por la colina bajo la lluvia. Los soldados comenzaron a disparar, pero no parecía que el sonido de las balas y los cuerpos que caían muertos en el barro les amedrentaran.

—¿Qué hacemos? —preguntó Charly asustado.

—¡Volvamos al fuerte, rápido!

Corrí con todas mis fuerzas mientras escuchaba a mis espaldas el sonido de las balas y el rugido de los perros; no quería mirar atrás. Aunque notaba que algunos de aquellos monstruosos animales nos seguían a la carrera.

CAPÍTULO IX

ATRAPADOS

MIENTRAS CORRÍAMOS HACIA EL FUERTE, el estruendo de los gritos, los aullidos y los disparos comenzó a taladrarnos los oídos. A medida que nos acercábamos, las caras de nuestros compañeros y el cabo comenzaban a tomar forma, pero de repente comenzaron a cerrar los grandes portalones para poder contener a los animales.

—¡No! —grité.

Estábamos a menos de diez pulgadas. Podíamos conseguirlo, pero debían esperar un poco. Entonces Charly se cayó al suelo y yo, movido por la inercia de la carrera, continué a toda velocidad, hasta que logré detenerme en seco. A un lado estaba mi compañero caído en el suelo, mientras que delante de mí se encontraba el portalón a punto de cerrar. Lo pensé menos de un segundo; me di la vuelta y agarré a Charly. Tiré de él, este se puso en pie y llegamos justo cuando apenas quedaba una rendija abierta.

—Lo lograron —dijo el cabo.

—¿Qué es eso, señor? —pregunté sorprendido.

—Habíamos escuchado algunas leyendas de manadas gigantescas de lobos y perros, pero pensaba que era imposible. La naturaleza se ha vuelto loca o, mejor dicho, la hemos vuelto loca —dijo el cabo.

—Pero matarán a todos —dijo Charly.

Nos subimos a la empalizada y observamos horrorizados aquel espectáculo. La jauría era implacable, y los soldados apenas podían huir despavoridos o se arrojaban a un río próximo.

—¿Cómo escaparemos de aquí? —preguntó Charly.

—No lo sé —contestó el cabo. Estaba tan asustado como nosotros.

Bajamos la empalizada y nos quedamos en mitad del gran patio. Apenas éramos media docena de soldados, la mayoría de nosotros novatos. El cabo estaba bloqueado y era incapaz de tomar una decisión.

—Creo que sé cómo podemos detenerles —dije, mientras el resto de ellos me miraban sorprendidos.

CAPÍTULO X

LA VICTORIA
DE LA INTELIGENCIA

LOS HOMBRES SIEMPRE HEMOS SOBREVIVIDO gracias a nuestra sagacidad. Hay algo que nos separa radicalmente del resto de los animales: somos capaces de razonar. Había algo que podía detener a esas bestias. Le conté mi plan al resto de los compañeros, y el cabo les ordenó que me ayudaran. Buscamos varios bidones, aceite, balas y todo lo que pudiera prenderse con facilidad. Después salimos de la empalizada y cubrimos los alrededores del fortín con gasolina, pólvora, restos de papel y madera. Después hicimos dos grandes hogueras. Esperábamos que ardieran bien, pero aunque la lluvia había cesado, no era fácil que con tanta humedad se prendieran la madera y el resto de materiales.

Varios animales nos observaron y un grupo se aproximó a nosotros. La mayoría de los soldados habían huido o estaban muertos, por lo que nosotros éramos su próximo objetivo.

—Están muy cerca —comentó uno de los compañeros.

Charly sacó un encendedor del bolsillo e intentó prender una hoja de papel, pero el viento y la humedad lo impedían.

—Date prisa —le dije impaciente.

La docena de animales dejaron de caminar sigilosos hacia nosotros y comenzaron a correr a toda velocidad. Podía sentir sus ojos clavándose en los míos. No había tiempo que perder.

—Déjame a mí —le dije, quitándole el encendedor, que se cayó al suelo y se perdió entre las ramas y las hojas.

Comenzamos a buscarlo como locos; la jauría se aproximaba y ya podíamos escuchar sus gruñidos muy cerca de nosotros.

Logré encontrar el encendedor, lo prendí, y una tímida llama azul y amarilla iluminó mi rostro brevemente. Después, lancé al montón de madera el mechero y una gran llamarada se extendió rápidamente alrededor del fuerte. El bosque se iluminó; después, la gasolina de las dos grandes hogueras hizo una fuerte llamarada. El fuego lamió varios árboles alrededor y llegó a prenderlos.

Los animales se detuvieron en seco al ver el fuego. Cuando las llamas comenzaron a extenderse con rapidez, la gran jauría de lobos y perros se retiró. El bosque estaba en llamas, y nosotros aislados en una isla en medio de un embravecido océano de fuego, pero por ahora estábamos a salvo.

CAPÍTULO XI

LA NOCHE MÁS LARGA

AQUELLA NOCHE, NINGUNO DE NOSOTROS durmió. Temíamos que el fuego se propagara dentro del campamento y nos carbonizara, pero también pensábamos que si se apagaba por la lluvia que caía de modo intermitente, los lobos regresarían.

Después de estar tumbado en una de las camas de un barracón que habíamos limpiado, fui a mi puesto de guardia. El fuego centelleaba por todas partes e iluminaba aquella desapacible noche.

—¿Estás bien? —pregunté a Charly, que no se dio cuenta de mi llegada y que parecía totalmente ausente en sus pensamientos.

—Sí, estaba recordando mi casa. Vivía en un pequeño pueblo al otro lado de estas montañas, casi en la frontera con Idaho. Tenía una vida feliz y tranquila. Mi padre vendía autos y mi madre casas, tenía un perro llamado Trueno y un buen grupo de amigos. Ahora no queda nada del mundo en el que me crié. Todo está destruido, como este bosque envuelto en llamas. No hay donde regresar ni a donde ir. Creo que no vale la pena seguir adelante —dijo Charly.

Sabía cómo se sentía. Muchas veces yo también me había desesperado, pero ahora estaba convencido de que todos tenemos una misión que cumplir, que nuestro destino está escrito en el cielo y que nadie puede hacer lo que está destinado que hagamos nosotros.

—Todo tiene un propósito. Puede que ahora no seamos capaces de verlo, pero no somos fruto del azar. Este planeta, tú y yo, formamos parte de un plan. No importa que a veces perdamos la esperanza. La vida es muy larga, y tenemos que dar oportunidad a cada instante para que se convierta en mañana. Sobre todo no mires atrás, pues lo que pasó ya no volverá. Tenemos que confiar en el futuro —le dije.

—Es muy difícil —contestó.

—Nadie dijo que fuera fácil. Las cosas que valen verdaderamente la pena son difíciles de conseguir. A veces la tristeza o la desgracia pasan de largo, pero los corazones se prueban en el fuego. El valor únicamente nace en mitad del peligro, y tenemos que ser muy valientes —le dije.

—Espero que tengas razón —me contestó.

Miré al horizonte; el sol comenzaba a despuntar entre el humo y las sombras de la oscuridad. Habíamos sobrevivido una noche más, y eso me hizo sentirme agradecido.

CAPÍTULO XII

UNA LARGA HUIDA

A PRIMERA HORA DE LA mañana, el cabo nos ordenó que nos pusiéramos en formación. Estábamos agotados, pero el miedo nos mantenía despiertos y alerta. Mi amigo Charly tenía la cara sucia de ceniza y el uniforme destrozado, pero el aspecto del resto de compañeros no era mucho mejor.

—Tenemos que regresar a la base —dijo el cabo.

—Pero no tenemos vehículos —dijo uno de los soldados.

—¿Alguien le ha dado permiso para hablar? —preguntó el cabo pegando su cara a la del joven.

—No, señor —contestó él temeroso.

—Parece que esas alimañas descansan de día, además deben de estar saciadas. Nuestra única oportunidad es escapar cuanto antes. Intentaremos ir hacia lugares abiertos y evitar las zonas boscosas tupidas. No se separen; si alguno tiene que hacer sus necesidades, que pida permiso. ¿Entendido? —gritó el cabo.

—Sí, señor —respondimos todos al unísono.

Nos pusimos en marcha de inmediato. Era terrible pasar por medio de todos aquellos cuerpos, pero no nos quedaba más remedio. Cuando logramos dejar atrás aquel terrible paisaje, comenzamos a relajarnos un poco. Nuestra vida pendía de un hilo, pero parecía que los animales se habían retirado.

El fuego había llegado varias millas al norte y aún se veían zonas en llamas, aunque la lluvia había logrado apagar el incendio hasta que se extendiera más. No teníamos mucha comida ni agua. Los víveres habían sido una de la cosas que los animales antes habían devorado.

El calor siguió a la lluvia y el viento. La mayor parte del camino era cuesta arriba, y el cansancio de la noche en vela y la tensión de las últimas horas comenzaron a hacer mella en nosotros.

Cuando llegó la tarde, nos sentamos en unas rocas. Mientras dos de nosotros vigilaban, el cabo miró el mapa para buscar un lugar en el que pasar la noche.

—Tal vez aquí haya alguna cabaña donde dormir.

No hicimos mucho caso a los comentarios del cabo. Lo único que queríamos era regresar a la base y sentirnos a salvo.

Caminamos otras tres horas antes de llegar a un pequeño grupo de cabañas junto al camino. Pensé en escapar; si me marchaba algo más al oeste y ascendía más deprisa que el resto de mis compañeros, podía llegar a la base e intentar la liberación de mis amigos, pero no tenía ni las fuerzas ni el ánimo para hacerlo.

Cuando llegó la noche, nos refugiamos en la única cabaña que conservaba todos sus postigos y puertas intactos. Después hicimos turnos e intentamos pasar la noche lo mejor posible.

A la mañana siguiente, la lluvia regresó de nuevo. Habíamos cenado muy poco, pero al menos habíamos dormido algo. Nos sentíamos algo más esperanzados, habíamos dejado a los lobos muchas millas al sur y la lluvia terminaría de disipar nuestro rastro.

Cuando el sol estuvo en lo más alto, nos encontrábamos a cuatro horas a pie de la base. La zona nos resultaba familiar, pero todavía no estábamos a salvo.

Caminando bajo la lluvia llegamos al camino de la base. Nuestros impermeables parecían piel de babosa y nuestras botas se hundían en el fango, cuando a nuestra espalda se escuchó un centenar de aullidos. Aceleramos el paso; apenas quedaba media hora para llegar a la base y, aunque nuestras piernas se movían como autómatas, los calambres comenzaban a sacudirlas. Estábamos al límite de nuestras fuerzas.

—¡Más rápido! —gritó el cabo, que se había colocado el último y llevaba la pistola en la mano.

Ya era de noche cuando observamos las luces de la base a lo lejos. Apenas había comenzado a celebrar nuestra próxima llegada cuando los lobos nos dieron alcance.

CAPÍTULO XIII

LOBOS

MIENTRAS CORRÍAMOS HACIA LA VALLA, no nos percatamos de que apenas nos seguían dos docenas de lobos y perros. La gran manada no había subido tan al norte, pero aún eran suficientes para despedazarnos.

El cabo se giraba de vez en cuando y disparaba a alguno de los animales; había logrado alcanzar a tres, pero el resto no parecía asustarse con los disparos. Cuando los soldados de la valla nos vieron, nos gritaron que nos apartáramos a un lado para dejarles disparar, pero teníamos demasiado miedo para obedecer sus órdenes.

El cabo se giró otra vez, pero los lobos estaban demasiado cerca; alcanzó a uno de ellos, pero otros tres se abalanzaron sobre él. Escuchamos sus gritos mientras comenzábamos a bordear la valla en busca de una entrada.

Charly corría a mi lado. Éramos los primeros, pero estábamos sin aliento y nuestras fuerzas no eran suficientes para mantener ese ritmo mucho más tiempo.

Cuando llegamos cerca de una de las entradas, dos de los nuestros cayeron y los lobos comenzaron a atacarles. Apenas quedaban cinco detrás de nosotros, pero justo antes de que la puerta se abriera, uno de los lobos mordió la pierna de Charly y él cayó al suelo. Intenté tirar de él; estábamos en el umbral mismo, pero dos lobos me agarraron por la ropa e intenté zafarme y correr hacia el interior de la base. No lo hubiera conseguido sin la ayuda de dos guardas que dispararon a los animales y cerraron de nuevo la verja.

Cuando miré hacia Charly, tres lobos estaban sobre él. Los soldados comenzaron a dispararles y estos huyeron, pero era tarde; mi amigo ya estaba muerto. Un par de enfermeros me tumbaron en una camilla y me llevaron hasta el hospital. Estaba tan agotado, que apenas había puesto atención a las magulladuras y mordidas que estaban en todo mi cuerpo.

CONOCIENDO AL TENIENTE

AL PARECER, ESTUVE DURMIENDO MÁS de veinticuatro horas. Estaba exhausto y había perdido mucha sangre. Me inyectaron la antitetánica, y tuvieron que hacerme una transfusión para que lograra recuperar fuerzas. A pesar de estar sedado, recuerdo que aquella larga noche tuve un sueño. En él estaban Susi, Mike y mis otros amigos. Estábamos en una ciudad grande que no reconocía. Caminábamos por una amplia avenida repleta de vehículos carbonizados y edificios destruidos, cuando salió a nuestro encuentro un chico alto y rubio, que estaba demasiado delgado y tenía unos brazos largos y pecosos. Detrás de él aparecieron decenas de chicos y chicas rubios, vestían todo de blanco y llevaban una especie de espadas. No sé por qué, pero recordé una de las historias que me contaba mi padre. Cuando Adán y Eva fueron expulsados del Paraíso, unos ángeles se quedaron a custodiar la entrada para que no volvieran a entrar.

Cuando desperté, junto a mi cama estaban Mary y Patas Largas.

—Por fin te despiertas —dijo Patas Largas sonriente.

—¿Llevo mucho tiempo dormido? —pregunté frotándome los ojos. Me dolía mucho la cabeza y sentía el cuerpo totalmente apelmazado.

—Un día entero —comentó Mary.

—Pues estoy destrozado —les dije, mientras me sentaba en la cama.

—Túmbate —dijo Mary.

—Estoy bien —le contesté.

—No lo estás. Perdiste mucha sangre y has estado a punto de morir. Por eso nos han dejado que viniéramos a verte y cuidarte. Ya sabes que los oficiales de la base no son muy comprensivos normalmente —dijo Mary.

La luz que entraba por la ventana me dañó los ojos, como si aquella claridad me hiciera estar más consciente de la penumbra en la que se había convertido nuestra vida en los últimos años.

—¿Qué pasó en el fuerte? —preguntó Patas Largas.

—Algo terrible, pero no vale la pena hablar de ello —le contesté.

—Pues me temo que mañana tendrás que contarle todo al teniente —dijo Patas Largas.

—¿Al teniente? —pregunté.

—Sí, es el jefe del ejército. Creo que antes de la Gran Peste era uno de los oficiales al mando de los bomberos. Ahora es el que dirige la base, aunque está por debajo de Adán, el líder —dijo Mary.

—Tenemos que intentar salir de aquí cuanto antes —les comenté.

—Tú recupera fuerzas, eso es lo más importante ahora —dijo Mary.

—Los animales que nos atacaron están migrando, y no me extrañaría que se presentaran por aquí en una semana —les dije—, sin poder guardar más el secreto.

Mary y Patas Largas se miraron sorprendidos. Nadie les había dicho que aquellos lobos y perros salvajes pudieran ser una amenaza.

—En el sur hay cientos de esos animales, puede que miles. Les he visto atacar a un ejército bien organizado y masacrarlo. Los días que permanezca en el hospital intentaré pensar la manera de salir de aquí —les dije.

—He descubierto un par de cosas —comentó Patas Largas bajando el tono de voz.

—¿Sí? —dijo extrañada Mary. La chica no confiaba mucho en la sagacidad de su amigo.

—Hay una forma de escapar —dijo Patas Largas.

En ese momento, dos soldados entraron en la habitación. Después lo hizo un hombre de cuarenta años, y todos supimos que el teniente había adelantado su visita. Al parecer, se encontraba demasiado inquieto para retrasar el interrogatorio unas horas.

Capítulo XV

CONOCIENDO AL TENIENTE II

HACÍA MUCHO TIEMPO QUE NO veía a nadie tan mayor, pero el teniente intentó mostrarse cercano en todo momento. Se sentó en un lado de la cama y con un gesto pidió a sus hombres que desalojaran la habitación. Cuando estuvimos totalmente solos, su sonrisa se tornó en un rostro severo.

—¿Qué ha sucedido en el bosque? —preguntó frunciendo el ceño.

—Es difícil de explicar. Antes de llegar al fuerte observamos que estaba destrozado y abandonado. El oficial al mando ordenó que un grupo nos acercáramos a comprobar lo que sucedía. Cuando llegamos al fuerte, nos sorprendió ver todo destruido y a los soldados muertos. En ese momento escuchamos aullidos y ladridos, y cuando miramos lo que sucedía en la gran explanada frente al campamento, contemplamos cómo una inmensa jauría destrozaba a nuestros soldados —le conté. Mientras le describía los hechos, las imágenes de las últimas horas acudían a mi mente.

El teniente se quedó pensativo. El relato que le hice de los hechos debió de sorprenderle. Una jauría de animales salvajes de ese tamaño no era común, y mucho menos que atacara de forma tan organizada y no huyera de los disparos.

—Es increíble. Puede que ese maldito virus también haya modificado genéticamente a algunos animales —dijo el teniente.

—Parecían muy feroces, terribles diría yo —comenté.

—Es un milagro que hayas sobrevivido —dijo el teniente.

—Sí, no creí que lo lograra. Parte de esos animales nos siguieron hasta la base —le comenté.

—Me temo que solo sea una avanzadilla del resto de la jauría —dijo el teniente.

El hombre se quedó pensativo, pero yo aproveché para hacerle una pregunta que llevaba semanas haciéndome.

—¿Por qué hay adultos en la base? —le pregunté.

—Al principio no lo sabíamos. En nuestro pueblo algunos murieron y otros se transformaron en esas cosas, pero en cuanto una parte de nosotros se marchó al bosque, los casos disminuyeron. En el bosque únicamente comíamos alimentos hechos por nosotros y animales salvajes; entonces comprendimos que, de alguna manera, el virus se transmitía en la comida, por eso les impedimos que comieran nada enlatado —dijo el teniente.

—Pero eso es imposible. Las autoridades se hubieran dado cuenta y habrían advertido a la población —le comenté.

—En aquel momento había demasiada confusión, todo pasó muy deprisa —comentó el teniente.

Aquello no me encajaba. Muchas personas comían productos elaborados por ellas en mi pueblo y eso no pareció detener la enfermedad.

—Puede que en estos bosques haya una especie de protección especial o que el aislamiento de la zona haya extinguido los casos —le dije.

—No importa la razón, el hecho es que muchos de nosotros estamos sanos —comentó el teniente.

El hombre comenzó a pasear de un lado al otro de la habitación, como si intentara pensar una solución pero no lograra dar con ella.

—Me preocupa esa jauría. Doblaré la guardia y utilizaremos lanzallamas, puede que eso les mantenga alejados —dijo el teniente.

—El fuego fue lo único que les asustó —le contesté.

—Gracias por la información, será mejor que descanses —dijo el teniente. Después salió de la habitación, y por unos minutos me quedé pensativo. Si aquella jauría llegaba a la base, no sería tan fácil deshacerse de ella.

Capítulo XVI

KATTY

AL DÍA SIGUIENTE ME INCORPORÉ a un pelotón mixto, pues el batallón desaparecido había reducido mucho nuestras fuerzas. Mi nuevo pelotón era mucho más pequeño, pero al menos estaba con Patas Largas y Mary. También estaba con nosotros una chica llamada Katty, tenía dieciséis años y era muy guapa. Su cabello rojizo contrastaba con sus grandes ojos azules y su piel blanca y pecosa.

La primera noche nos tocó de guardia. Nuestro sector era el peor, ya que estábamos más próximos al bosque y en la zona sur, desde donde se creía que llegarían los lobos.

—Deberíamos intentarlo esta noche —dijo Patas Largas en un murmullo.

—Los lobos se encuentran cerca, ¿piensas que tendríamos alguna oportunidad de sobrevivir? —le pregunté.

—Puede que no, pero es mejor que vivir aquí —comentó.

—No estamos tan mal —le dije.

Mary me miró sorprendida; yo era la última persona que ella pensaba que querría quedarse en la base.

—¿Ya no te importa que encontremos a Susi y a tu hermano? —preguntó mi amiga.

—Claro que me importa, pero puede que ya no estén vivos o que no les encontremos —le dije muy serio.

—Encontraste la carta, sabes que se dirigían hacia California y que pasarían por Nevada; lo que tenemos que hacer es marcharnos —dijo Patas Largas.

—Sin un auto es imposible —le contesté.

—El teniente tiene el suyo muy cerca de aquí —dijo Katty metiéndose en la conversación.

Todos la miramos sorprendidos. Pensábamos que estaba lo suficientemente lejos para que no nos escuchara.

Fue precisamente en ese momento cuando el sonido de los aullidos y los ladridos llegó hasta nosotros.

CAPÍTULO XVII

LA FUGA DE LA BASE

TENÍA LA SENSACIÓN DE QUE aquel mundo que se había creado después de la Gran Peste era muy frágil. Los restos de la civilización se deshacían rápidamente y los seres humanos luchábamos inútilmente contra un destino inevitable. Lo único que podíamos hacer era seguir hacia delante. Intentar escapar antes de que nos alcanzara nuestro destino.

Dicen que el mejor plan en un caso de emergencia es no tener plan. La intuición pone todos sus mecanismos en acción, y logramos mantener la tensión y la mente fría, con el único deseo de sobrevivir.

La chica nos llevó hasta el vehículo, era un inmenso Texas Armoring de color blanco.

—¿Sabes cómo ponerlo en marcha? —le pregunté.

—Únicamente necesitamos la tarjeta. Está en la caseta —dijo señalando una de las garitas.

Un chico llamado Claus estaba en la puerta. Le temblaban las piernas y sudaba copiosamente, pues la jauría se aproximaba y estaba aterrorizado.

—Claus, déjanos entrar —le dijo Katty.

—No puedo —comentó con voz temblorosa.

—Esos animales llegarán en cualquier momento, nuestra única oportunidad es huir —le dijo la chica.

—Cumplo órdenes —dijo Claus.

—¿Órdenes? Te obligaron a servir aquí, te trataron como una bazofia y ahora vas a morir en esta base —dijo Katty. Después empujó al chico a un lado y entró en la caseta.

Seguía a Katty, y mientras ella tomaba de una caja la tarjeta, vi el botón de alarma.

—¿Qué haces? —me preguntó.

—Tenemos que avisar a la gente —le contesté.

—Pero puede que nos detengan —dijo la chica.

—Nos daremos prisa, pero tenemos que darles una oportunidad —dije, mientras apretaba el botón.

Salimos corriendo y subimos al auto. Katty se puso al volante y mis amigos entraron detrás. Claus nos miró sorprendido. No terminaba de reaccionar, parecía un conejo escondido mientras una jauría de perros lo intentaba sacar de su madriguera.

—¡Sube! —le grité abriendo la puerta

Katty apretó el acelerador y una nube de tierra se levantó de repente. Los animales estaban al otro lado de la valla, enseñando sus dientes brillantes en mitad de la oscuridad.

—¿Tienen hambre? —preguntó Katty a la jauría mientras su auto arrancaba la puerta y pasaba por encima de varios lobos.

La alarma sonaba por todo el campamento; lo último que vi fue a los perros y los lobos entrar a la base mientras la gente corría despavorida de un lado para el otro.

Capítulo XVIII

SALIENDO DEL BOSQUE

TOMAMOS EL CAMINO HACIA UKIAH. Teníamos que abandonar esos bosques y viajar por zonas más despejadas; por alguna extraña razón, aquellos animales se habían concentrado en el Parque Nacional. El auto estaba repleto de gasolina y Katty parecía manejarlo muy bien. Detrás de nosotros, Patas Largas, Mary y Claus estaban en silencio, observando la noche que todavía se cernía sobre nosotros.

—No creo que nos sigan —dijo Katty.

—Eso espero, aunque es mucho mejor que salgamos de estos bosques —le contesté.

—¿Hacia dónde se dirigían? —preguntó Katty.

—Hacia Reno, en Nevada. Allí nos espera otra gente y creemos que en California puede que haya una cura —le comenté.

—¿Una cura de la peste?

—Sí, un remedio para evitar que muramos a los dieciocho años o nos convirtamos en gruñidores —le dije.

—En la base la gente vivía más, algunos llegaban a hacerse adultos —me dijo.

—Eso me contó el teniente, pero únicamente es verdad en parte —le dije.

—¿Por qué dices eso? —preguntó Katty extrañada.

—Si te fijas, los únicos que habían superado esa edad ya eran adultos antes de la Gran Peste. Nunca vi a un recluta de más de dieciocho años —le comenté.

—No me había fijado en eso. Entonces, ¿por qué ellos sobrevivieron? —me dijo.

—El teniente me comentó que era gracias a la dieta, al no haber tomado comida elaborada o en lata, pero yo creo que ellos también fueron transformados en gruñidores pero lograron regresar a una forma humana aparentemente normal, sin sufrir muchos daños exteriores —le expliqué.

—¿Cómo lo consiguieron? —preguntó Claus, metiéndose en la conversación.

—Por lo que vimos en un pueblo, si renuevan su sangre con la de jóvenes constantemente a través de transfusiones, logran hacerse humanos por fuera, pero siguen siendo monstruos por dentro —le dije.

—Eso es increíble —dijo Claus.

—Ahora entiendo por qué todos los jóvenes que iban a la enfermería terminaban desapareciendo —dijo Katty.

Mis amigos la miraron sorprendidos. Aquel lugar no era mucho mejor que otros en los que habíamos estado. Unos pocos intentan sobrevivir a costa de sacrificar a otros, pero lo que realmente nos daba miedo era que esos gruñidores humanizados representaban lo peor de la raza humana.

—¿Te acuerdas de lo que nos dijeron en la Iglesia Libre de Hood River? —preguntó Mary.

—Sí, el pastor Jack Speck nos comentó que la gente que se había convertido en gruñidores era lo peor de la raza humana, que el resto había desaparecido o muerto por la peste —dijo Patas Largas.

—¿Agarraste el Nuevo Testamento? —le pregunté.

—Sí, lo tengo todavía en mi chaqueta. Es la única cosa que conservo —dijo Patas Largas.

—Recuerda que cuando lleguemos a un lugar tranquilo leamos algo sobre Apocalipsis —le dije.

—Ok, jefe —me dijo mi amigo guiñando un ojo.

Mientras amanecía frente a nuestros ojos, el bosque comenzaba a quedar a nuestras espaldas. Extrañaba las grandes explanadas cultivadas donde me había criado, la vieja Ione, la ciudad en la que había vivido toda mi vida.

CAPÍTULO XIX

CAMINO DE RENO

PASAMOS UKIAH Y NOS DIRIGIMOS por la carretera 395 en dirección a Burns. Las tormentas de las últimas semanas habían cesado y el verano se imponía plácidamente a la primavera. Yo nunca había ido a Nevada, aunque mi padre me había dicho que no había mucho que ver por allí. Aparte de río Colorado y su gran cuenca, el estado era un inmenso desierto. La única zona realmente verde era la cadena montañosa que partía en dos el estado y que había sido uno de los grandes obstáculos de los pioneros en su viaje ininterrumpido hacia el oeste.

Tenía a mi lado a Katty, detrás estaban mis amigos Patas Largas y Mary y el recién incorporado Claus. Cada vez estábamos más cerca de nuestro objetivo, Reno, pero temíamos que nuestros amigos se hubieran marchado de allí ante nuestra tardanza.

La carretera estaba despejada y apenas había autos abandonados en los arcenes, pero tampoco había ninguna población hasta llegar a Long Creek, un minúsculo pueblo a medio camino de la 395. Nuestra gasolina comenzaba a escasear, y cuando llegáramos al final de la carretera tendríamos que tomar la decisión de si seguir por la interestatal 30 hacia Salt Lake City o continuar por carreteras secundarias hasta Reno.

Mi cabeza no dejaba de dar vueltas al camino más adecuado, cuando en uno de los laterales me pareció ver un camión abandonado. Un cartel señalaba su carga: *Conservas Michael*. Detuve el auto y todos los ocupantes se despejaron.

—¿Qué haces? —me preguntó malhumorada Katty.

—Puede que aún queden conservas en ese camión —dije, señalando el mastodonte que estaba en la cuneta.

Mary me miró inquieta. No era buena idea salir en lugares cerrados. Los bosques nos rodeaban de nuevo y ahora debíamos cuidarnos de los lobos además de los gruñidores.

—Te acompaño —dijo Patas Largas sacando el fusil.

Bajamos del vehículo y nos dirigimos a la cabina del camión. No había nadie; después caminamos despacio hacia la parte trasera. El camión seguía cerrado. Patas Largas disparó a la cerradura y esta estalló por los aires. Abrí las puertas y un fuerte olor ácido me sacudió la nariz.

—Enfoca con la linterna dentro —pedí a mi amigo.

El interior se mantenía ordenado. Miles de latas descansaban en grandes cajas, como si alguien las acabara de colocar allí aquella misma mañana.

—¡Guau! Hay latas para que podamos comer durante semanas —dijo Patas Largas.

Tomé la mochila vacía y me subí al remolque. Comencé a echar todo tipo de latas, desde atún hasta sardinas. Patas Largas subió detrás de mí y comenzó a curiosear e introducirse más en el camión.

—Será mejor que no vayas hasta el fondo —le comenté.

—¿Por qué? El camión estaba cerrado —contestó.

No había terminado de hablar cuando alguien le tomó por la espalda y le llevó hacia la penumbra. Mi amigo disparó el arma al aire, pero lo que fuera que le agarrase, no lo soltó.

—¡Patas Largas! —grité, tirando la mochila y corriendo hacia el fondo del contenedor.

La oscuridad era casi total en la parte trasera. Mi amigo desapareció devorado por las sombras. Yo intenté escrutar algo en la oscuridad, pero tardé un rato en ver la media docena de ojos que brillaban en la penumbra.

Capítulo XX

PELIGROS

EL TEMOR PUEDE PARALIZARTE HASTA el punto de dejar de notar cada uno de tus músculos. Patas Largas estaba en algún punto de aquella oscuridad, pero yo no podía verlo. Tres o cuatro gruñidores se ocultaban dentro de aquel camión; alguien les había encerrado allí. Después pensé que podía tratarse de inmigrantes ilegales, dejados a su suerte en aquel camión en mitad de la nada. Aunque estábamos muy lejos de la frontera, era posible que la «mercancía» tuvieran que dejarla muy al norte.

—¡Sal de ahí! —gritó Katty.

Su voz me sacó del ensimismamiento, pero apenas tuve tiempo de retroceder cuando dos gruñidores se abalanzaron sobre mí. Katty disparó el rifle e hirió a uno de ellos. Logré deshacerme del otro y correr hacia la luz.

—Patas Largas está ahí dentro —le dije.

—Lleva unos minutos con esos monstruos, no creo que esté vivo —me comentó.

Los dos gruñidores se acercaron a nosotros y Katty comenzó a gritar de nuevo.

—¡Salta! ¡Sal del camión, ahora!

—No puedo dejar a mi amigo —dije con lágrimas en los ojos.

—¡Salta! —gritó.

Los gruñidores llegaron hasta mis pies; pegué un salto y cerramos la puerta entre los dos. Notamos cómo empujaban, pero Claus cruzó una especie de barra de hierro.

Mary se acercó hasta mí y me abrazó con fuerzas. Los dos rompimos a llorar. Patas Largas era nuestro amigo y lo queríamos como si fuera nuestro hermano.

—Será mejor que nos marchemos —dijo Katty, que no parecía muy afectada con la pérdida.

—Puede… —dijo Mary.

—Patas Largas ya no está con nosotros —se adelantó Katty. Se fue al auto y lo puso en marcha.

Cuando el vehículo sobrepasó al camión, tuve la sensación de que el corazón se me desgarraba.

—Es culpa mía —dije en voz alta.

—No es culpa de nadie —comentó Katty.

—Yo quise entrar en ese camión —comenté.

—Hiciste bien, pues ahora tenemos una mochila repleta de latas. Siempre que intentamos algo corremos el riesgo de perder —me contestó.

—Pero esta pérdida es irrecuperable —le dije.

—Lo siento —dijo Claus.

Mary no dejaba de llorar, y el ambiente en el auto era terrible. Me sequé las lágrimas con la mano e intenté recuperar el control.

—Todos hemos perdido amigos y familiares —dijo Katty, y después añadió: —Es parte del precio a pagar en un mundo como este. Puede que la vida no sea fácil, pero no podemos mirar hacia atrás.

Me quedé en silencio, observando por la ventanilla las montañas y el cielo azul que intentaban normalizar aquel horror, pero que no lo conseguían. Entonces oré en mi interior, y supliqué a Dios que terminara con todo aquello. Sabía que Patas Largas estaba ahora en un lugar mejor. Se había unido a mis padres y a tantos otros. Aquella idea me consoló, pero no logró amortiguar mi dolor. Ahora me sentía un poco más solo en el mundo.

CAPÍTULO XXI

CONOCIENDO A KATTY

AQUELLA NOCHE FUE LA MÁS larga y dura que recuerdo desde la muerte de mis padres. Patas Largas y mi hermano Mike eran las dos personas más cercanas. Mary y Susi eran buenas amigas, pero nunca había compartido tanto con ellas como con Patas Largas.

Nos detuvimos a las afueras de Long Creek, un simple cruce de caminos entre la carretera 395 y la carretera 402. No quisimos entrar en el pueblo hasta el amanecer. Teníamos comida para unos días, pero nos faltaba combustible.

Después de cenar, mientras los demás dormían, salí al fresco de la noche. La zona estaba despejada, los campos abandonados y llevábamos varios días sin ver a nadie.

Intenté pensar en las cosas buenas que todavía quedaban en aquel mundo inhóspito en el que se había convertido la tierra. Las estaciones seguían su marcha inalterables, el aire comenzaba a regenerarse después de cientos de años de contaminación y destrucción de zonas verdes. Los bosques crecían por semanas y, muy pronto, todo Estados Unidos se convertiría en un inmenso parque nacional. Los animales corrían felices por el campo, sin temor a los cazadores, pero algo había convertido aquella naturaleza en extremadamente cruel, como si el mal campara a sus anchas. Los gruñidores eran mucho más que gente infectada, eran gente perversa, cruel, que había dejado salir su verdadero instinto tras la enfermedad.

Katty se acercó a mí, y mirando aquella hermosa noche estrellada me dijo:

—Perdona, creo que antes no estuve demasiado sensible, pero quería que saliéramos de allí cuanto antes. Si nos hubiéramos quedado un poco más, alguno de nosotros podía haber resultado herido o muerto.

—Lo entiendo. Estaba demasiado horrorizado para reaccionar —le contesté.

—Sé lo que sientes. Yo perdí a mi mejor amiga hace poco —dijo la chica.

—Sí, lo cierto es que apenas nos conocemos —le dije a Katty.

La chica se quedó mirándome. Sus hermosos ojos azules brillaban en la oscuridad.

—Puede que sea mejor así. Hace tiempo que decidí no hacerme amiga de nadie; si la gente muere a mi alrededor, prefiero no saber nada de ella —me contestó.

—Lo entiendo, pero una vida así no vale la pena ser vivida.

—Tienes razón en parte, aunque esto no es vida, simplemente estamos sobreviviendo —contestó.

Sus palabras me molestaron. Me gustaba pensar que la vida era mucho más que supervivencia.

—No te molestes —me dijo, como si hubiera leído mis pensamientos.

—Creo que la vida es siempre una cuestión de supervivencia. Además, únicamente tenemos dieciocho años para disfrutar de lo poco que tenemos.

—¿Cuánto te queda? —me preguntó.

—No cuento los días, pero poco —le contesté.

En las últimas semanas habían sucedido tantas cosas, que apenas me acordaba del tiempo que tenía. Tal vez, la idea de morir me hacía más fuerte y me ayudaba a disfrutar de lo poco que me ofrecía la vida.

—Yo era una niña feliz —dijo Katty.

—¿Sí?

—Mis padres eran increíbles. Puede que pienses que los tengo idealizados, pero lo cierto es que no recuerdo nada malo de ellos. Vivíamos en una casa cerca de la ciudad de La Grande. Mi padre era médico y mi madre enfermera. Era difícil que estuvieran los dos a la vez, pero cuando lo conseguían era increíble, te lo aseguro —dijo Katty.

—¿Qué les pasó? —me atreví a preguntarle.

—Una mañana comenzaron a enfermar y murieron. Me llevaron a un centro para huérfanos, pero cuando las cosas se complicaron, un grupo de chicos salimos en dirección a la costa y los hombres árbol nos capturaron. El resto más o menos te lo puedes imaginar —dijo Katty.

—¿Cuándo murió tu amiga? —pregunté.

—Se llamaba Anna y nos habíamos conocido en el orfanato. Desde allí escapamos juntas hacia el bosque, pero un día antes de que nos capturaran los hombres árbol, nos atacaron unos gruñidores y se la llevaron —me dijo.

Noté cómo su voz comenzaba a quebrarse, como si aquellos recuerdos le taladraran el corazón de nuevo.

—Lo importante es seguir adelante —le dije.

—Sí, yo no tengo ningún sitio al que ir, pero si no les importa, me uniré a ustedes —me dijo.

—Claro, si encontramos un remedio contra el virus y logramos crear un lugar tranquilo, en el que vivir en paz, necesitaremos todas las manos que podamos —le comenté.

Nos fuimos a dormir un poco más tranquilos. Seguíamos perdidos, sin muchas posibilidades de sobrevivir, pero nuestra charla nos había ayudado a recuperar la esperanza. La esperanza es lo único que puede salvarnos cuando todo deja de funcionar; en cierto sentido, es la argamasa de la que se compone la vida.

CAPÍTULO XXII

EL SEMINARIO

A MEDIDA QUE PASABAN LAS horas, el corazón se empezaba a sosegar. Ya lo había vivido antes, pero la muerte siempre nos deja un vacío en el alma. La existencia sin Patas Largas ya no volvería a ser la misma. Me acordé de las profecías de Marta, la anciana que nos dio de cenar el día antes de regresar a Ione. A veces el destino está marcado y cada uno de nosotros anda un poco del camino, pero el resto lo tienen que terminar otros.

Las inmensas rectas del sur de Oregón se hacían interminables; cuando llevabas varias horas conduciendo, casi te quedabas dormido al volante. En la parte de atrás descansaban Mary y Claus, y junto a mí dormía plácidamente Katty, hasta que el reventón de una de las ruedas me hizo dar un volantazo y salirme en parte de la carretera.

—¿Qué ha sucedido? —preguntó medio aturdida Katty.

—Ha reventado la rueda —le contesté.

Salí del auto mareado y miré la rueda trasera. Estaba totalmente destrozada. Después eché un vistazo alrededor, no se veía ningún edificio en varias millas.

—¿Qué hacemos? —preguntó Mary.

—Estar sin auto es muy peligroso. En las últimas semanas se ven más gruñidores; también puede que haya lobos por estos bosques, incluso osos —dijo Claus.

—Tienes razón. Será mejor que esperen aquí. Katty y yo buscaremos ayuda —les comenté.

—Creo que no es buena idea que nos separemos —se quejó Mary.

—Lo sé, pero no podemos perder este auto, además no tardaremos mucho.

Me acerqué a la rueda y miré de qué tipo era. Afortunadamente era muy común, y no tardaríamos mucho en encontrar otra. Saqué el gato del maletero y una llave. Cuando tomamos el auto nadie se fijó si llevaba rueda de repuesto, pero la huida había sido muy precipitada.

Katty y yo comenzamos a caminar; hacía mucho calor y no había muchas sombras en el camino. A un lado corría un riachuelo, en el otro había una montaña cubierta de abetos.

Después de media hora de camino comenzábamos a desanimarnos, pero cuando estábamos a punto de regresar, descubrimos un desvío. Grandes praderas con vallas de madera y lo que parecía una granja a lo lejos.

—Mira esto —dijo Katty.

Un cartel pequeño ponía: Seminario Presbiteriano de Oregón. Al fondo se veían cuatro edificios con el techo gris de uralita. Nos acercamos con precaución, y cuando estuvimos cerca nos ocultamos detrás del edificio principal y miramos en su interior. Se veían aulas, la biblioteca y despachos. Todo estaba en orden, pero parecía deshabitado. Después buscamos en los otros edificios, pero no vimos a nadie.

—¿No te parece extraño que todo esté tan ordenado, pero no haya nadie? —me preguntó Katty.

—Sí, pero no creo que mucha gente pase por este camino —le contesté.

Al fondo había un auto parecido al nuestro. Comprobé las ruedas, eran perfectas. Puse el gato del auto y comencé a quitarla.

No llevaba más de diez minutos cuando escuché una voz de hombre.

—Si te llevas la rueda no podré usar mi auto.

Un chico de dieciséis años me miraba desde la puerta de uno de los edificios. Vestía como un granjero y llevaba una pistola en la mano.

—Lo siento. Pensamos que estaba abandonado —se disculpó Katty.

—No pasa nada. ¿Han pinchado? —preguntó el chico.

—Sí, a unas cuatro millas al norte —le contesté.

—¿A dónde se dirigen?

—A Reno —le dije.

El chico se quedó asombrado, como si aquel fuera el último lugar del mundo al que él se dirigiría.

—¿Por qué a Reno? No es la ciudad más bella de la zona —dijo el joven con una sonrisa.

—Unos amigos nos esperan allí; esperamos llegar a tiempo —le comenté.

—En media hora el resto de la gente vendrá a comer. Están trabajando en los campos y cuidando al ganado, pero no creo que ya tarden mucho —dijo el chico.

—Muchas gracias —dijo Katty.

—¿Les apetecería tomar un café? —preguntó el chico—. Perdonen que no me haya presentado, mi nombre es Jacob.

—Yo soy Tes, y esta es mi amiga Katty.

Nos invitó a pasar al edificio del comedor. Estaba pelando patatas para preparar un puré. También tenían salchichas y huevos sobre la mesa.

—Cuando llegue el resto de compañeros, podrán comer con nosotros —dijo Jacob.

—Nuestros amigos esperan en el auto. Se preocuparán si no regresamos a tiempo —dijo Katty.

—Entonces coman algo ahora, y cuando regresen todos yo mismo les acompañaré a buscar su auto —dijo Jacob.

Hacía tiempo que no conocía a nadie tan agradable. Siempre había escuchado que la gente del sur del estado era muy hospitalaria, pero en el mundo en que vivía, la hospitalidad era un verdadero lujo.

—¿Cómo han llegado hasta aquí? —me preguntó el chico.

—Venimos del norte del estado, de Ione, casi en la frontera con Washington —le comenté.

—Nunca he viajado tan al norte —contestó Jacob.

Mientras el chico nos servía la comida, no dejaba de hacernos preguntas. Eso era normal entre dos personas que acababan de conocerse, pero uno tenía que tener cuidado con lo que respondía.

—Esto es un seminario. Los que vivimos aquí somos los hijos de los profesores y algunos hijos de estudiantes —dijo Jacob.

—Por lo menos aquí están tranquilos —le dije.

El chico me miró muy serio y cambió de conversación. Apenas llevábamos veinte minutos comiendo, cuando llegaron cuatro vehículos. Miramos por la ventana, y unos ocho chicos y nueve chicas salieron de los autos. Todos ellos vestían como granjeros.

Cuando entraron en el comedor, se sorprendieron al vernos.

—¿Quiénes son? —preguntó el que parecía más mayor.

—Gente de paso que se dirige a Reno; se les ha reventado una rueda. Mientras ustedes comen les acompañaré y les ayudaré a cambiarla —dijo Jacob.

—No hace falta; si nos dan una rueda, nosotros mismos la cambiaremos —le dije.

—No es molestia. Tenemos que ayudarnos unos a otros —dijo Jacob.

El chico nos acompañó hasta lo que parecía un antiguo granero que la comunidad usaba como taller y garaje. Buscó una rueda y después de unos minutos apareció con ella.

—Esta servirá —dijo mientras la hacía rodar hasta la parte de atrás de una camioneta.

Cuando salimos del seminario, todos estaban en el salón comiendo. Quince minutos más tarde estábamos en el lugar en el que habíamos dejado el auto. Al principio no vimos a Mary ni a Claus, pero cuando comprobaron que éramos nosotros, salieron de entre los árboles.

—¿Han conseguido la rueda? —preguntó Mary.

—Sí, gracias a Jacob —dije, presentando al chico.

—Encantada —dijo Mary.

Cambiamos la rueda rápidamente, y después tiramos a un lado la reventada y nos subimos al auto.

—¿Por qué no se quedan esta noche en nuestra casa? No hay ningún pueblo en muchos kilómetros —dijo Jacob.

—No queremos molestarles —le contesté.

—No es molestia, tenemos comida de sobra y camas con sábanas limpias.

Miré al resto de mis amigos, y todos asintieron con la cabeza. Estaban demasiado cansados para resistir una oferta como aquella. Seguimos a la camioneta de Jacob hasta el seminario. Una vez allí, Jacob nos asignó unas habitaciones con baño.

—La cena es a las ocho. Sean puntuales, aquí somos muy estrictos con los horarios —comentó Jacob.

Cinco minutos más tarde me estaba dando una gratificante ducha. Hacía tiempo que no experimentaba el placer de los músculos relajados mientras el agua templada caía sobre mi espalda. Cuando lo has perdido todo, las pequeñas cosas de la vida adquieren un gran valor.

Capítulo XXIII

LOS BÁRBAROS

EL COMEDOR TENÍA CAPACIDAD PARA cuarenta personas, pero el grupo del seminario y nosotros apenas ocupábamos una mesa y media de las cuatro que había. La cena fue frugal pero apetitosa. Mucha verdura y un poco de pechuga de pollo a la plancha. Después de la cena, tenían la costumbre de reunirse en el salón y charlar un poco sobre el día. La mayoría de los miembros del grupo tenían entre doce y dieciséis años.

—¿Cuál es su historia? —nos preguntó una chica llamada Peggy.

—Es un poco larga de contar, pero si estás interesada... —le dije a la chica.

Le conté brevemente, mientras el resto de mis amigos hablaban con unos y otros chicos del seminario. La velada había sido muy agradable, y cuando nos fuimos a la cama creo que todos pensamos lo mismo: que nos encantaría encontrar un lugar como ese para instalarnos y dejar de viajar.

A la mañana siguiente me desperté con las fuerzas renovadas, descansado, optimista. Después de vestirme me dirigí al comedor, donde mis amigos ya estaban desayunando. Jacob les había preparado unos huevos revueltos.

—Todo esto parece idílico. ¿Dónde está la trampa? —le pregunté.

—¿La trampa? No entiendo tu pregunta —dijo Jacob.

—Por todos los lugares que hemos pasado, siempre hemos visto que detrás de la fachada se ocultaba algo. No me puedo creer que en este caso no haya nada —le dije.

—Lo cierto es que no hay trampa. Somos una comunidad tranquila que vive en armonía —dijo Jacob.

Katty me hizo un gesto para que me callara.

—Lamento haberte molestado —le dije.

—No te preocupes —comentó Jacob.

Salimos de la cocina y preparamos todo para el viaje. Yo no estaba muy impaciente por irme, pero quería encontrar a mi hermano y a Susi cuanto antes. No habíamos terminado de preparar el maletero, cuando un grupo de unos diez chicos en unas gigantescas motos Harley-Davidson entraron por el camino y se detuvieron justo enfrente de nosotros.

Los chicos de las motos llevaban manga corta y los brazos completamente tatuados. Se quitaron los cascos, detuvieron las motos y nos miraron extrañados.

—¿Quiénes son ustedes? —preguntó un chico moreno con el cabello largo y negro peinado con una gran trenza.

—Estamos de paso —le contesté.

—No te he preguntado eso —dijo acercándose más a mí.

Jacob salió limpiándose las manos en el delantal blanco.

—Déjenles en paz, simplemente viajan al sur —dijo al llegar a nuestra altura.

—Todos los que pasan por nuestras tierras tienen que pagarnos. Ese auto está muy bien, creo que nos lo quedaremos. También a la chica —dijo señalando a Katty.

—¿Qué te has creído? —preguntó Katty enojada.

Dos de los moteros sacaron escopetas recortadas y nos apuntaron. Levantamos las manos; no podíamos hacer nada para detenerles. El jefe se acercó a Katty y la puso sobre su espalda como si se tratara de una pluma. Ella se sacudía encima de su hombro, pero él la aferraba con fuerza.

—Niki, deja tu moto en la parte trasera del auto y síguenos —dijo el jefe.

—Por favor, llévense el auto, pero dejen a la chica —le supliqué.

—Creo que no has entendido que soy yo el que mando en este valle. Mis palabras son ley; necesito una esposa y creo que acabo de encontrar una.

Intenté acercarme a él e insistirle, pero uno de sus matones se acercó por detrás y me pegó un puñetazo en los riñones. Caí al suelo sin aliento.

—¡Vámonos! —ordenó el jefe de los moteros. Katty le daba puñetazos en la espalda, pero él no parecía inmutarse.

El jefe la bajó de la espalda y le pegó un golpe en la nuca que la dejó inconsciente. Las motos y el auto se alejaron por el horizonte, mientras yo intentaba ponerme en pie.

—Lo siento —dijo Jacob, ayudándome a incorporarme.

—¿Quiénes son? —le pregunté.

—Son los hijos de Satán, unos moteros que se encargan de tener amenazado a todo el valle. Viven como parásitos del trabajo de los demás —dijo Jacob.

—¿Por qué no les detienen? —preguntó Claus.

—Todos los que lo han intentado han fracasado; ellos han destruido varias granjas y se han llevado a chicas de la zona —dijo Jacob.

Varios autos llegaron por el camino. Al parecer, el resto de los miembros del seminario habían regresado al escuchar las motos.

—¿Qué ha sucedido? —preguntó Peggy.

—Han robado el auto y se han llevado a Katty —le dijo Jacob.

—Lo siento mucho por ustedes, pero ella les pertenece. Será mejor que se marchen cuanto antes. Podemos conseguirles otro auto aunque no sea tan bueno como el de ustedes —dijo Peggy.

—Pero no podemos irnos sin ella —dijo Mary con lágrimas en los ojos.

El grupo de jóvenes nos miró con tristeza, pero no estaban dispuestos a arriesgar su vida tranquila por unos forasteros.

—¿Prefieren que esa gente les robe y les maltrate antes de defenderse? —preguntó Claus.

—Son muy peligrosos —se disculpó otro de los chicos.

—¿Al menos nos darán algunas armas? —les pregunté.

—No; si se enteran de que les hemos ayudado, nos matarán —dijo el chico.

Mi paciencia estaba comenzando a agotarse, pero no podía hacer nada para obligarles. Tuve la sensación de estar en medio de una manada de ovejas asustadas, que asumían que los lobos se llevaran a una de ellas de vez en cuando.

—¿Dónde vive esa banda de motoristas? —les pregunté.

—Más al sur, en Long Creek —dijo Jacob.

—¿Por qué se lo has dicho? Esta gente nos traerá problemas —dijo el chico mayor.

Todos volvieron a sus autos y desaparecieron de la vista. El único que se quedó fue Jacob. Cuando estuvimos completamente solos, nos llevó hasta el granero y destapó un viejo Ford.

—Está muy viejo, pero es lo único que puedo ofrecerles —dijo Jacob.

Después se acercó a un armario y sacó un arco. Tenía cinco flechas. Me lo entregó y salió del granero.

—¿Cómo vamos a enfrentarnos a todos ellos con un arco con flechas? —preguntó Claus.

—Lo intentaremos —le contesté. Tenía claro que no íbamos a abandonar a nuestra amiga.

Arranqué el auto; su motor ronroneó unos instantes, pero se apagó. Insistí una segunda vez y al final conseguí ponerlo en marcha. Salimos del garaje en dirección a Long Creek. Teníamos que actuar cuanto antes, ser rápidos y escapar lo antes posible.

Capítulo XXIV

LA CIUDAD DEL DIABLO

DEJAMOS EL FORD A UN par de millas del pueblo, oculto con algunas ramas de árboles. Caminamos por el llano hasta llegar a las afueras. No parecía un pueblo muy rico; sus casas eran pequeñas construcciones de madera y grandes jardines con huerto, pero en otro tiempo debió de ser una agradable localidad.

Mis amigos y yo caminamos ocultos entre los autos quemados y los árboles hasta el centro de la ciudad. No vimos a nadie por la calle, lo que indicaba que el pueblo estaba deshabitado. Aunque estábamos equivocados.

Al llegar a una hermosa iglesia pintada de blanco escuchamos voces.

—Parece que hay gente dentro —les dije a mis amigos.

Nos acercamos por la parte trasera y observé por la ventana. Había unas treinta chicas y los moteros. El jefe les estaba hablando a las chicas mientras los moteros vigilaban las salidas.

—En los últimos meses les hemos hecho venir de todo el valle. Queremos fundar de nuevo esta ciudad. Desde hoy serán nuestras esposas. Tendrán que cuidar las casas y cumplir con sus tareas. Las que intenten escapar serán castigadas, y las que desobedezcan serán castigadas. No podrán hablar entre ustedes, ni dirigirse a nosotros a no ser que les demos permiso —dijo el jefe de los moteros.

No quería que me vieran, pero necesitaba asegurarme de que Katty estaba allí. Al final la vi, justamente en la última fila.

Cuando regresé para contarles todo a mis amigos, las puertas de la iglesia se abrieron. Nos escondimos detrás de unos árboles.

Las chicas salieron escoltadas cada una por su amo. Katty siguió con una cadena en el cuello al jefe, que caminó hasta una de las casas más grandes.

—Tendremos que entrar de noche —les comenté.

Esperaba que el grupo no fuera muy disciplinado. Estaba seguro de que no dejarían guardas, y nuestro arco al menos era bastante silencioso.

Nos escondimos pacientemente hasta que se puso el sol, y después esperamos hasta las dos de la madrugada para actuar.

Cuando llegamos a la puerta de la casa del jefe, vimos nuestro auto en la puerta. En la entrada principal había un guarda, pero no parecía estar despierto. Estaba sentado en un banco en el porche y daba fuertes ronquidos.

Nos acercamos sigilosamente y golpeé la cabeza del guarda, que apenas reaccionó. Giré el pomo de la puerta; estaba abierto. Nos fuimos a la cocina y buscamos unos cuchillos para Mary. Claus había tomado el rifle del guarda. Ahora estábamos todos armados.

Cuando subimos a la segunda planta, observamos en la penumbra que había cuatro puertas. Una era la del baño, pero Katty podía estar en cualquiera de las otras tres.

Me acerqué a una de las puertas y giré el pomo con cuidado. Estaba cerrada con llave. Les hice una señal a mis amigos con la mano. Claus se acercó a la cerradura y logró abrirla con facilidad.

Al entrar, vimos a alguien que dormía en la cama. Nos acercamos con cuidado, era Katty. Le puse una mano en la boca para que no gritase y le dije al oído:

—Tranquila. Hemos venido a sacarte de aquí.

Katty abrió los ojos asustada, pero cuando escuchó mi voz se tranquilizó. Se levantó de la cama y se vistió, pero su pie izquierdo estaba esposado a la cama con una larga cadena.

—¿Quién tiene la llave? —le pregunté.

—Él duerme en la habitación del fondo —me dijo en un susurro.

Salí del cuarto y me dirigí a su habitación. Claus me acompañó con el rifle. La puerta estaba abierta; Claus giró el pomo y se escuchó un ladrido.

—Hay un perro —me dijo en un susurro.

—Abre rápido —le dije.

El perro se abalanzó sobre nosotros, pero logré disparar la flecha a tiempo. El animal dio un gemido y cayó muerto en el suelo. El jefe de los motoristas se incorporó de la cama y alargó el brazo para tomar su arma, pero Claus le enfocó con la linterna y yo volví a disparar el arco, acertándole en la mano.

—¡Malditos! —gritó el jefe de los moteros.

—No te muevas —le dije, mientras le apuntaba.

El jefe de los moteros se lanzó sobre nosotros, pero logré volver a acertarle con otra flecha. Se derrumbó herido en el suelo, y Claus aprovechó para tomar las llaves del auto y de las cadenas de Katty.

—¿Qué hacemos con él? —me preguntó Claus.

—Átale a la cama y tápale la boca.

Tras liberar a Katty, salimos al jardín. Éramos conscientes de que en cuanto se escuchara el auto, los moteros saldrían tras nosotros, así que debíamos actuar con rapidez.

Salimos a la acera, nos introdujimos en el auto y lo arranqué. Pisé el acelerador. En unos minutos estábamos a las afueras de la ciudad.

CAPÍTULO XXV

SOBRE RUEDAS

EL AUTO CORRÍA POR LA carretera a toda velocidad. Mary abrazó a Katty en la parte de atrás, y entonces escuchamos varios motores rugiendo a nuestras espaldas. Cuando miré por el retrovisor, al menos las luces de cuatro motos me deslumbraron.

—Sujétense —dije, mientras aceleraba.

Las motos no tardaron en volver a alcanzarnos. Después de unas millas de interminables rectas, comenzaron las curvas de nuevo. Nuestro auto era muy pesado, por eso la dificultad de que se saliera de la carretera era pequeña, comparada con las motos.

Una de las motos se puso a nuestro lado y vi el resplandor de la pistola que sacaba el chico de su bolsillo. Giré a un lado y la moto salió de la carretera.

—Ya quedan tres —dijo Claus.

Seguimos a toda la velocidad; ahora la carretera descendía y el vehículo se aceleraba peligrosamente. Dos motos, una por cada lado, empezaron a adelantarme. Intenté deshacerme de ellas, pero no lo conseguí y comenzaron a dispararme.

—Por favor, haz algo —le dije a Claus.

El chico bajó la ventanilla y disparó a los neumáticos de otra de las motos. Ahora quedaban únicamente dos.

Los bosques se sucedían, y los riscos y las curvas aumentaban en ese tramo de carretera, pero los dos motoristas que quedaban seguían persiguiéndonos a toda velocidad.

Claus volvió a apuntar y disparó a otra moto, que también perdió el control.

—Muy bien —dije sin soltar el volante.

El último motorista saltó desde su moto a la parte trasera de nuestro vehículo. Zarandeé de un lado al otro el auto para quitárnoslo de encima, pero el motero siguió aferrado a la parte trasera.

Claus sacó el fusil, pero el motero se lo quitó y lo lanzó a la carretera. Entonces intentó entrar por la ventanilla. En ese momento una curva cerrada me obligó a frenar; el motero intentó aferrarse, pero salió despedido.

Unas millas más adelante, aminoré la marcha. Tenía el corazón acelerado, pero al menos habíamos conservado la vida.

—¿No deberíamos volver para ver cómo están los motoristas? —dijo Mary.

—Sus amigos los atenderán —comenté—, no podemos arriesgarnos a volver.

Cuando dejamos la zona más boscosa, el sol comenzaba a salir en el horizonte. En algunos momentos pensé que no vería otro amanecer; cada día era un milagro y había que disfrutarlo al máximo.

MT. VERNON

EL VIAJE HASTA LA CARRETERA 26 fue tranquilo, pero apenas nos quedaba gasolina en el depósito. No habíamos encontrado ni un solo litro en cientos de millas y tendríamos que continuar a pie si no había nada de gasolina en el pueblo.

Después de registrar la zona, comprobamos que estaba seca; ni una gota de combustible. La situación comenzaba a ser desesperante.

—Puede que haya gasolina en John Day, pero tendremos que viajar más hacia el este —les dije a mis compañeros.

—Todavía nos quedan algunas partes de la ciudad por registrar —se quejó Mary.

—No creo que tengan gasolina en las casas —comenté.

—Es absurdo gastar más combustible sin saber si habrá en ese pueblo o no —dijo Mary.

—Pues iremos Claus y yo. Ustedes se pueden quedar en esa iglesia. Caminando no tardaremos más de dos horas —le dije.

—¿Luego vendrán cargados de gasolina hasta aquí? —preguntó Katty.

—No, vendremos en otro auto —le comenté.

—Creo que no es buena idea que nos separemos —dijo Katty.

—Iremos todos —comentó Mary.

—Eso hará que perdamos mucho tiempo —les dije—. Tienen armas y comida; si nos demoramos, podrán aguantar sin nosotros.

Logramos irnos a regañadientes. Las chicas no querían que fuéramos solos, pero yo no deseaba arriesgar más vidas. Claus y yo comenzamos a caminar. Llevábamos algo de comida y agua, pero no hacía demasiado calor y de vez en cuando encontrábamos alguna sombra en la que guarecernos. Tras dos horas de marcha, llegamos a las afueras de John Day. El pueblo era de los más grandes que habíamos visto desde que salimos de Ione. Había varias estaciones de servicio, pero nos costó recorrer la mayor parte de la ciudad antes de encontrar gasolina y después un auto que funcionara. Cuando tuvimos todo listo, regresamos a Mt. Vernon antes de que se hiciera de noche.

58 | MARIO ESCOBAR

Cuando regresamos al pueblo la luz comenzaba a menguar, pero todavía se veía algo. Estacionamos frente a la vieja iglesia de madera y tocamos el claxon, pero no salió nadie.

Claus y yo comenzamos a inquietarnos. No se escuchaba ningún ruido, pero aquel silencio no era normal. En todas las ciudades se veían pájaros, perros callejeros, gatos y animales salvajes que a veces se acercaban para rebuscar en las ciudades, pero aquel lugar parecía misteriosamente tranquilo.

—¿Qué sucede aquí? —le pregunté a Claus.

Él se encogió de hombros. Intentamos observar la iglesia con detenimiento, pero no vimos ningún movimiento dentro del edificio.

—No teníamos que habernos ido sin ellas —se quejó Claus.

Era la primera vez que él manifestaba una opinión divergente, como si hasta ese momento hubiera estado tan asustado o tan agradecido, que no se atreviera a discrepar de nada.

Nos bajamos del auto y nos acercamos al que habíamos usado durante la huida de la base. Todo seguía en su sitio. Nos acercamos sigilosamente a la iglesia; entramos en la capilla, pero no vimos a nadie. Entonces comenzó a escucharse algo parecido al trotar de caballos, pero de inmediato deseché la idea. No había visto ningún caballo desde hacía mucho tiempo. Cuando salimos al porche de la iglesia, media docena de chicos y chicas montados en caballos nos esperaban.

CAPÍTULO XXVII

LOS HIJOS DE MCMILLAN

AQUEL GRUPO DE CHICOS MONTADOS a caballo nos apuntaban con sus rifles. No parecían muy hostiles. Alguno incluso esbozaba una sonrisa debajo de su máscara transparente. Nos lanzaron una especie de bote de humo, con el que nos atontaron y después nos adormecieron. Cuando volvimos a abrir los ojos, estábamos en una habitación. Claus estaba sobre una de las camas cubierta con una colcha de flores y yo estaba en la otra. La habitación parecía la de una típica casa americana de los años ochenta, pero estaba muy limpia y cuidada.

Me costó ponerme de pie. Notaba que todavía me pesaba la cabeza, y estaba aturdido. Claus seguía durmiendo. Me acerqué a la ventana y comprobé que estábamos en alguna granja a las afueras de la ciudad. En el exterior, los chicos tomaban limonada mientras uno tocaba la guitarra. Aquella idílica estampa me chocó. Tuve la sensación por unos instantes de que la vida había vuelto a la normalidad. A los días tranquilos y felices de antes de la peste.

Me acerqué a la puerta y la abrí; no había nadie vigilando, éramos completamente libres de movernos por la casa. Bajé las escaleras de madera y salí al porche. Bajo una sombra estaba parte del grupo cantando.

—Ven aquí —me dijo uno de los chicos.

Me acerqué titubeante, aún aturdido por el gas que me habían arrojado algunas horas antes.

—Disculpa que te sacáramos así del pueblo, había muchos infectados cerca y no podíamos comenzar a darles explicaciones —dijo uno de los chicos.

—No importa, ¿saben dónde están mis amigas?

—¿Tus amigas? ¿A qué amigas te refieres? —preguntó el chico.

Todos dejaron de charlar y cantar, para mirarme preocupados.

—Éramos cuatro, y dos se quedaron en la iglesia hasta que regresáramos —les conté.

—No vimos a nadie más, aunque es posible...

El chico no terminó la frase, pero aquello más que tranquilizarme me preocupó aun más.

—¿Qué quieres decir? —pregunté.

—Nuestro pueblo está infectado de gente de esa, ya sabes...

—Gruñidores —les dije.

—Llámalos como quieras. El caso es que desde hace un año han comenzado a comportarse de manera normal; no parecen unos tipos medio muertos, como eran antes, ya me entiendes —me dijo.

—Eso mismo lo vimos más al norte —le indiqué.

—Parecen estar más organizados y tienen la intención de reconquistar la zona. Hace unas semanas llegó uno nuevo con un grupo grande; creo que traman algo. A lo mejor llegar hasta alguna gran ciudad —dijo el chico.

—¿Una gran ciudad? No hay muchas por aquí —le dije.

—Se mueven caminando, tardarán mucho en conseguirlo. Ontario es de las más cercanas, o tal vez vayan hasta Reno —dijo el joven.

—¿Piensas que las han capturado? —le pregunté.

—Es posible; ya no matan a la gente tan rápido. Les sacan la sangre, pero creo que es para obtener algún tipo de anticuerpo, de vacuna —dijo el chico.

Me quedé pensativo. No habíamos visto ninguna actividad en el pueblo. ¿Cómo era posible que estuvieran allí y yo no lo supiera?

—¿Dónde se esconden? —pregunté.

—Prefieren salir por la noche o por la tarde. Les gusta estar a todos juntos, están en la escuela. Me imagino que en el gimnasio o repartidos por todo el edificio —dijo el chico.

—¿Quiénes son ustedes? —pregunté.

—Somos los últimos. En toda la zona ya no quedan humanos, pues los que no murieron se convirtieron en gruñidores. Al principio nos acogió un pastor llamado Rose, pero cuando falleció tuvimos que sobrevivir solos. Nos trasladamos de la iglesia a esta granja. La hemos protegido con una valla electrificada y otros artilugios, y gracias a eso llevamos meses sin encuentros, pero ahora los nuevos están revolviendo a los demás —dijo el chico.

—Pues regresaré con mi amigo al pueblo, tengo que liberar a mis amigas —les dije.

—Es una locura, son centenares —dijo el chico.

—Me da igual, ya he perdido demasiados amigos desde que todo esto empezó —le dije.

Claus apareció por el porche y se dirigió hasta nosotros. Le expliqué lo sucedido y mi intención de ir a rescatarlas, pero él no parecía muy dispuesto.

—Nos atraparán. No podemos hacer nada —dijo Claus.

—Pues iré yo solo —le dije.

—Si les atacas, atraerás a todos hacia aquí —se quejó el chico.

—Si no lo hago, ya no valdrá la pena seguir con vida —le contesté.

—Déjame que hable con todos los demás —me pidió el joven—. A propósito, mi nombre es John, John McMillan.

CAPÍTULO **XXVIII**

EL ASALTO

JOHN ME COMUNICÓ QUE EL Consejo estaba de acuerdo. Todos pertenecían a la misma familia; sus padres eran mormones y habían tenido doce hijos que iban desde los seis años hasta los dieciséis. Todas las decisiones las tomaban en conjunto, y hasta ese momento habían logrado sobrevivir y mantenerse unidos. Vivían del cultivo de la tierra, los animales de la granja y otras cosas que recopilaban en las zonas cercanas. Creían que el virus se transmitía por el aire, y por eso entraban en las ciudades con máscaras. Ya no utilizaban vehículos, ya que apenas quedaba gasolina en el condado, pero los caballos eran tan efectivos como los autos o más.

Descansamos por la noche en la granja. Como me habían dicho los chicos, los gruñidores eran más activos por la noche; por el día solían dormir o simplemente dejar la mente en blanco y descansar de pie o sentados en cualquier lugar, como si fueran robots que simplemente recargaban sus baterías.

No dormí apenas nada. Me encontraba inquieto y confuso. Parecía que los obstáculos no dejaban que avanzáramos y, lo que era peor, temía que al final ninguno de nosotros llegara a Reno. ¿Qué habrían tenido que atravesar Susi y Mike?

Por la mañana, justamente al amanecer, desayunamos todos juntos. Después comprobamos las armas y John nos contó su plan:

—No podemos atacar directamente; son demasiados, y además pondríamos en peligro la vida de los prisioneros. Es mejor que nos dividamos en dos grupos. El primero se internará en la escuela. Lo mejor es hacerlo por la carbonera, pues desde allí es sencillo llegar al gimnasio.

—Pero, ¿dónde estarán los prisioneros? —pregunté.

—Imagino que estarán en uno de los lugares más difíciles de asaltar —dijo John.

Miramos el dibujo que el chico había hecho de la escuela. Entonces su hermana Clara dijo:

—Puede que estén en la última planta. Lo llamábamos la torre, era el despacho del director.

—Sí, es un buen sitio para buscar —dijo John.

—¿Cómo lo haremos? —pregunté.

—Primero, un grupo se internará por la carbonera, mientras que el otro cuida de los caballos y prepara la huida.

Salimos precisamente cuando el sol comenzaba a despuntar en el horizonte. Nuestros caballos corrieron hacia el amanecer, mientras una ligera brisa de verano convertía la mañana en un espectáculo increíble.

Capítulo XXIX

DE NUEVO FRENTE AL HOMBRE DEMONIO

LA ESCUELA ESTABA ENCIMA DE una ladera, rodeada por varias casas blancas de madera y un bosquecillo. Subimos por la ladera y nos situamos cerca de la pista de baloncesto. Esperamos un rato allí, agazapados, para asegurarnos de que nadie nos había visto. Después John, yo y otros tres de sus hermanos caminamos agachados hasta uno de los laterales del gimnasio. La caldera estaba en el sótano, cerca de las duchas y los vestuarios. John llegó hasta la puerta de hierro y la abrió. No había candados ni nada que la sujetara.

—Adelante —dijo John en un susurro.

Entramos despacio hacia el cuarto del carbón. No había luz y pisamos algo escurridizo que debía de ser el carbón que aún quedaba almacenado.

Uno de los hermanos de John encendió una linterna y salimos a la zona de duchas. Estaban destrozadas y llenas de desperdicios y heces. Intentamos caminar esquivando la porquería, pero enseguida vimos a varios gruñidores durmiendo en el suelo y sobre los bancos. Caminamos con cuidado para no despertarles, y subimos las escaleras hasta la planta primera. A un lado estaba la entrada al gimnasio y por el otro un largo pasillo, que llevaba a otras escaleras.

El pasillo se encontraba despejado; no había vigilancia ni gente durmiendo por allí. Caminamos despacio, haciendo el mínimo ruido posible. Mientras caminaba me asomé a una de las aulas. Tenía las contraventanas cerradas, pero aun así se veía repleta de gruñidores durmiendo por todos lados. Eran centenares, tal vez superaran el medio millar.

Mientras ascendíamos por las escaleras, John se detuvo en seco.

—Alguien baja —susurró.

No teníamos dónde meternos. Las aulas estaban repletas de gruñidores y no había otro lugar en el que esconderse.

—Detrás de esas taquillas —dijo uno de los hermanos.

Corrimos y nos ocultamos tras unas taquillas metálicas. Desde allí pude ver a dos gruñidores que portaban armas. Caminaban completamente erguidos, y los únicos rastros que les quedaban de su antiguo aspecto eran un color cetrino en el rostro y una expresión extraña en los ojos.

Cuando nos pasaron, intentamos ascender de nuevo. Tuvimos que subir dos tramos de escaleras hasta llegar al antiguo despacho del director.

En la última planta únicamente había una puerta. Intenté mirar por el agujero de la cerradura, pero no se veía nada. Tampoco se escuchaba nada.

—¿Estarán dentro? —preguntó uno de los hermanos.

—Únicamente tenemos una manera de averiguarlo —dijo John.

El joven forzó la cerradura y esta se abrió con un ligero chasquido. Abrió lentamente la puerta, y frente a nosotros encontramos la cara de un viejo conocido.

CAPÍTULO XXX

SIN SALIDA

AQUEL GRUÑIDOR ERA EL MISMO del que habíamos escuchado hablar en Hood River. El mismo que había asesinado al pastor Jack Speck. El gruñidor pareció reconocerme, pero era imposible. Apenas le había visto fugazmente mientras huía.

—Veo que han venido a buscar a sus amiguitas —dijo el gruñidor con una voz ronca que me hizo sentir un escalofrío.

John levantó su arma, pero aquella cosa levantó la mano y todos nosotros nos quedamos paralizados, como si una fuerza invisible nos controlara.

—Será mejor que suelten las armas. Es inútil resistirse a mí —nos dijo.

—¡No! —gritó John, pero sus manos no le obedecían.

Nuestras armas cayeron al suelo y después nos obligó a pasar al cuarto.

—Bajen las cabezas —ordenó.

Obedecimos sin poder resistirnos; después él se acercó a la mesa y se sentó plácidamente.

—Veo que te has hecho con nuevos amigos. En Hood River se deshicieron ustedes de muchos de nosotros. Todavía no estábamos preparados ni conocíamos nuestra fuerza, pero ahora sabemos que nuestra misión es gobernar este mundo. Nuestro amo nos ha dado poder para hacerlo —dijo el gruñidor.

—¿Su amo? —pregunté; pero en ese momento, como si alguien tirara de un hilo invisible, caí al suelo.

—No oses hablar sin ser preguntado —dijo el gruñidor.

Intenté concentrarme; podía liberarme de aquella fuerza. Comencé a orar, pues mi padre me había enseñado que nuestra lucha es contra seres espirituales, y aquella cosa estaba poseída por algún diablo.

—¿Qué estás haciendo? ¡No hagas eso! —gritó el gruñidor.

Continué orando hasta que mi voz logró vencer el silencio. Cuando mis labios comenzaron a pronunciar palabras, aquel ser comenzó a revolverse.

—¡Cállate, maldito! —gritó el gruñidor tapándose los oídos.

Mis amigos aprovecharon para tomar sus armas, pero cuando el gruñidor lo vio, empujó la mesa y se escondió detrás de ella. John y sus hermanos dispararon mientras corríamos escalera abajo.

—¿Dónde están las chicas? —pregunté.

—No creo que las quisiera tener muy lejos, ven por aquí.

Entramos en una especie de pasarela que llevaba a un cuarto apartado. Era una zona en la que los estudiantes podían estar libremente y dejar sus cosas cuando no tenían clase.

—La puerta está cerrada —dije.

Escuchamos voces al otro lado. Me abalancé sobre la puerta y reventé la cerradura. Las caras de Katty y Mary me observaron.

—Tes —dijo Mary abrazándome.

—Tenemos que irnos.

Cuando intentamos cruzar la pasarela metálica, vimos cómo al otro lado decenas de gruñidores nos esperaban.

—¿No hay otra salida? —pregunté a John.

Él miró la ventana. Estábamos a una altura considerable.

—Tendremos que saltar o bordear el tejado y bajar por detrás —dijo John.

—Pero ¿cómo los contendremos? —preguntó uno de los hermanos.

—Hay que descolgar la pasarela —dijo John, señalando las cuerdas que la sujetaban al techo. Debajo de nosotros estaba el salón de actos.

El grupo de gruñidores comenzó a correr hacia nosotros. John tomó su rifle y apuntó a la primera cuerda; el puente se tambaleó, pero no llegó a ceder. Estaban tan cerca de nosotros que casi podíamos oler sus cuerpos podridos. Estábamos perdidos.

CAPÍTULO XXXI

SOLUCIONES DESESPERADAS

LOS GRUÑIDORES SE APROXIMABAN CON sus ojos desencajados, mientras que nosotros nos replegábamos dentro del cuarto. Colocamos varias estanterías delante de la puerta, mientras John salía por una de las ventanas.

—No parece muy difícil —dijo John, metiendo la cabeza.

—Está muy alto —contestó Mary.

—Tenemos que intentarlo —dijo Katty saliendo de la habitación.

El primer tramo no era complicado; únicamente había que bordear la ventana, pero después había que andar sin ayuda hasta dar la vuelta al tejado. Fuimos saliendo de uno en uno, hasta que en el cuarto quedó únicamente uno de los hermanos de John. En ese momento, los golpes de los gruñidores consiguieron derribar las estanterías y abrir la puerta. El chico comenzó a disparar y se dispuso a salir, pero antes de que lo consiguiera, uno de los gruñidores le alcanzó. John intentó retroceder para sacarle, pero ya no podía hacer nada por él.

Caminamos por el tejado hasta la parte trasera, pero todo el patio estaba lleno de gruñidores. Seguimos caminando hasta la zona más baja que daba a la cancha de baloncesto. A lo lejos se veía al resto de los hermanos de John y los caballos.

Comenzamos a hacer señales al grupo para que comenzara a disparar para despejarnos el camino. Después saltamos y comenzamos a correr hacia los caballos. A nuestro lado los gruñidores intentaban atraparnos, pero eran demasiado lentos. Justamente antes de atravesar la pista, Mary se cayó al suelo. Me detuve para levantarla. Dos gruñidores nos alcanzaron, pero gracias a los tiradores cayeron heridos.

Seguimos corriendo hasta alcanzar los árboles. Subimos a los caballos y cabalgamos a toda prisa hacia la granja.

CAPÍTULO XXXII

LA GRAN INVASIÓN

SABÍAMOS QUE LOS GRUÑIDORES NO se iban a conformar con vernos huir, pero lo que no podíamos imaginar es que llegaran aquella misma noche. Apenas habíamos podido descansar un poco e intentar olvidar el incidente con el líder de los gruñidores, cuando vimos a centenares acercarse hacia la granja. La valla electrificada les detuvo un buen rato; parecían polillas volando hacia la luz, para morir después achicharradas. Después, alguno de ellos logró lanzar varios troncos y construir una especie de pasarela.

Desde la granja les iluminábamos con grandes plafones; no dejábamos de disparar, pero ellos seguían acercándose. Algunos de los gruñidores se entretuvieron asaltando las cuadras. El gemido de las vacas y las ovejas hacía aun más horrible aquel dantesco espectáculo.

—¿Dónde dejaste los caballos? —preguntó Clara a su hermano John.

—En las cuadras —contestó él. El pobre seguía aturdido después de la pérdida de su otro hermano.

—¿Cómo escaparemos? —preguntó Claus.

—Tenemos que crear una barrera de fuego, pues es lo único que les atemoriza, después intentaremos salir por el río —dijo Clara.

Varios de nosotros vertimos aceite de motor y algo de gasolina. Justo cuando los gruñidores estaban atravesando la pradera, encendimos el aceite y algunos comenzaron a arder.

—Vamos hacia el río —dijo Clara.

—No, me quedo aquí —dijo John.

—Hemos estado siempre juntos —comentó Clara.

—Ya no —dijo John.

—Debemos intentar sobrevivir —dijo la chica.

—Es inútil. No hay donde ir. Esta es mi casa, y aquí hemos construido algo hermoso. No pienso vagar sin rumbo por este mundo.

Clara nos miró con los ojos llenos de lágrimas. Después se secó la cara y nos dijo:

—Sigan el río, les llevará de nuevo al pueblo. Allí está su auto. Espero que lleguen a donde se dirigen.

—No pueden quedarse aquí, es una locura —les dije.

—Al menos les ayudaremos a escapar a ustedes. Los mantendremos entretenidos tres o cuatro horas —dijo Clara.

Nos despedimos de los hermanos y corrimos hacia el río. Tuvimos que esquivar a dos o tres gruñidores despistados, pero logramos meternos en el agua poco profunda y remontarlo.

Caminamos hasta llegar a las casas. El pueblo estaba a oscuras, pero parecía tranquilo. Toda la furia y el mal estaban a unas millas, devorando lo que quedaba de los hermanos McMillan.

Cuando llegamos a la pequeña iglesia, vimos nuestro auto. Estaba intacto. Llenamos el depósito y nos pusimos en marcha.

—¿Hacia dónde vamos? —preguntó Katty.

—Creo que es mejor ir por la carretera 395 y después nos desviaremos a Reno.

Cuando el auto se puso en marcha, extrañé la libertad de cabalgar sobre un hermoso caballo. Salimos de la ciudad, y a lo lejos contemplamos el fuego que iluminaba la oscuridad del valle.

La carretera era nuestra amiga; mientras seguíamos viaje, los peligros se quedaban a ambos lados de la carretera. Cada vez que nos apeábamos, aquel terrible mundo de después de la Gran Peste nos atrapaba en su tela de araña para devorar la poca esperanza que aún nos quedaba.

CAPÍTULO XXXIII

LOS AMISH

AQUEL AUTO ERA FANTÁSTICO. ERA el que más nos había durado, y esperaba que nos llevara hasta Reno. Estábamos cerca, pero cada vez surgían más obstáculos en el camino. Si aquellas zonas apartadas del país estaban infectadas de gruñidores, no quería pensar cómo estarían las zonas más habitadas.

El estado de Oregón parecía interminable, con sus minúsculas ciudades y sus inmensos bosques. Muchas zonas, antes arrasadas por la depredación del hombre, estaban recuperando su antiguo esplendor. Muchos de los animales de granja se habían asilvestrado y era normal ver rebaños de ovejas, vacas y caballos. Estados Unidos se estaba convirtiendo de nuevo en un lugar salvaje. En cuarenta años, el paso del hombre parecía casi una anécdota. Por un lado me alegraba, pues casi habíamos destruido el planeta, pero por otro me sentía como uno de los últimos supervivientes de una civilización a punto de desaparecer.

¿Cómo habría sido la Gran Peste en otras zonas del planeta más pobladas como Asia o Europa? Imaginaba a chicos como nosotros recorriendo la campiña italiana o los grandes prados de Irlanda, en busca de la esperanza.

Katty conducía y yo disfrutaba del paisaje. Todos esos días juntos nos habían unido mucho. Había descubierto en ella a una gran amiga. Por un lado disfrutaba charlando con ella, sobre todo por las noches antes de irnos a dormir; por otro, pensaba cómo sería mi vida si pudiéramos estar juntos y fuera mi novia.

—¿Qué piensas? —me preguntó Katty.

Me ruboricé, aunque la poca luz del amanecer no le permitía ver mi cara.

—En el viaje, también en cómo estarán viviendo esto en otros países. ¿Piensas que queda mucha gente como nosotros vagando por el mundo?

—No lo sé, Tes, pero si los sumamos a todos no creo que seamos más de diez millones. Lo que supone es que cientos de miles de millones de personas han muerto o se han convertido en gruñidores —dijo Katty.

—Es terrible pensar en toda esa gente —le comenté.

—Lo que no entiendo es por qué hemos sobrevivido nosotros —dijo Katty.

—Yo también me he hecho esa misma pregunta muchas veces. El mundo es un lugar complejo; tal vez Dios nos eligió para una misión especial —le dije.

Katty se quedó callada. Imagino que no quería ofender mis sentimientos, pero al final me comentó:

—No creo que Dios tenga nada que ver con esto. Es simplemente suerte, nos ha tocado a nosotros como les podía haber tocado a otros —dijo Katty.

—Entonces el mundo no tendría sentido —le dije.

—¿Tiene sentido todo este desastre? No, el mundo es igual o peor que antes. Ya has visto que la mayoría no han aprendido la lección y siguen abusando y explotando a su prójimo. El mundo que ha salido de la Gran Peste es más violento que el anterior —dijo Katty.

—Pero en parte hemos vencido al mal. Hemos logrado escapar; por desgracia, el mal es muy fuerte, aunque no imposible de vencer —le dije.

—El mal se rehace rápidamente. Ya verás que pronto recibimos noticias de nuevo de ellos —dijo Katty.

—El diablo cambia de forma, pero podemos vencerle de nuevo —le expliqué.

Katty tomó la curva muy rápido, pero a pocos metros vimos lo que parecía un coche de caballos.

—¡Frena! —grité.

Katty pisó el freno a fondo, pero el auto siguió desplazándose unos metros. Embestimos al coche de caballos, que se deshizo como si fuera una caja de cartón.

Mary y Claus se golpearon con nuestro asiento, pero no se hicieron nada importante; nosotros llevábamos el cinturón. Desabroché el cinto y corrí para ver cómo estaban los ocupantes del carro de caballos.

Dentro del carro había una chica de dieciséis años, que echaba sangre por la cabeza y estaba inconsciente. Unos metros más allá había un niño sobre la carretera.

—Son Amish —dijo Mary al salir del auto.

Nunca había visto a ninguno en Oregón. El grupo religioso de los Amish estaba sobre todo en Nueva Inglaterra y algunos estados limítrofes.

—¿Están vivos? —preguntó Katty llorando.

Mientras yo examinaba al niño, Mary miró a la chica.

—Están bien —dijimos los dos a la vez.

—Gracias a Dios —dijo Katty.

No sabíamos qué hacer. Lo mejor era no moverlos, pero nadie iba a acudir a socorrernos. No había médicos ni sistemas de emergencia, únicamente nos teníamos a nosotros mismos.

—¿Estás bien? —preguntó Mary a la chica, pero ella no respondió.

Yo di la vuelta al niño; tenía la cara magullada y ensangrentada, pero respiraba con normalidad.

—¿Dónde está tu familia? —le pregunté.

El niño abrió los ojos. Sus pupilas azules me impresionaron, parecían repletas de vida. Con mucho esfuerzo dijo:

—Al oeste, por el desvío de la 63.

Nos miramos los unos a los otros. Eso nos desviaría mucho de nuestro camino, pero no podíamos dejarlos tirados en mitad de la carretera para que los lobos y los perros salvajes los devoraran.

CAPÍTULO XXXIV

NUEVA JERUSALÉN

LA CARRETERA LLEVABA HASTA UN cruce de caminos. Los árboles a un lado y al otro no dejaban ver mucho. La comunidad Amish debía de estar en un lugar muy apartado.

—¿Por dónde vamos? —pregunté a Katty.

—Mary, ¿el niño sigue consciente? —preguntó Katty.

Mary habló suavemente al niño, pero este no reaccionó.

—Creo que es mejor que continúes por el camino —dijo Claus.

—Por allí están las montañas. Esta gente necesita praderas para el ganado y el cultivo —le contesté.

La chica se movió un poco y dijo en un susurro de voz:

—El sendero de la izquierda.

Salimos de la carretera y recorrimos unas cinco millas de un camino de tierra. Al final de una pronunciada cuesta vimos una docena de casas azules; todas parecían iguales. Al lado varios establos, graneros y lo que parecía el edificio de reuniones.

En cuanto nos estacionamos, casi una veintena de mujeres, niños y niñas de la comunidad se acercaron. Había adultos, lo que me hizo pensar que la dieta y el contacto con el resto de la humanidad potenciaba la propagación de la Gran Peste.

Katty salió del auto y se acercó a la más anciana, una mujer de unos sesenta años.

—Traemos a dos miembros de la comunidad; sufrimos un accidente y nuestro auto se chocó con su carro de caballos.

Varias mujeres corrieron al auto y nos ayudaron a sacar a los dos chicos. Entre ellas hablaban en otro idioma, que parecía alemán.

Llevaron a los heridos a la sala de reuniones. Cuando intentamos entrar nos dijeron que esperáramos fuera.

—Será mejor que regresemos —dijo Claus.

Katty le miró enojada.

—No me marcharé hasta que sepa cómo están.

—Está bien, únicamente era una sugerencia —dijo Claus.

Esperamos una hora antes de que las mujeres volvieran a salir. Una de ellas tenía el delantal con sangre, pero sonreía. Katty se acercó a ella y le preguntó por los heridos.

—Están bien. Algunos huesos rotos y contusiones, pero nada importante —dijo la mujer con un acento cerrado.

—Lamentamos mucho lo ocurrido. No les vimos —dijo Katty.

—Dios sabe por qué suceden las cosas —dijo la mujer.

Nos subimos al auto tras despedirnos, pero al intentar arrancarlo, el motor no encendía.

—¿Qué pasa? —preguntó Claus.

—No funciona el contacto. No hay electricidad —le contesté.

Abrimos el capó; todo parecía normal, pero la batería estaba gastada. Estábamos a decenas de millas de algún pueblo y los Amish, que no usaban ningún tipo de máquina, no podían ayudarnos.

—¿Qué hacemos? —preguntó Mary.

—Si esta gente no nos deja un carro de caballos, tendremos que ir a pie y conseguir una batería nueva —les dije.

Mary se acercó a las mujeres y les explicó lo que nos sucedía. Tras hablar un rato con ellas, regresó al auto.

—No pueden tomar una decisión hasta que no estén los ancianos y el resto de hombres. Todas las decisiones las toman en comunidad —dijo Mary.

—Se hará de noche —se quejó Claus.

—Tendremos que esperar —les dije.

Nos sentamos en el auto mientras la vida en la comunidad volvió a la normalidad. Los Amish hicieron como si no existiéramos, únicamente unas jóvenes nos ofrecieron limonada. Lo cierto era que hacía un calor terrible aquella tarde.

Cuando el sol iba a ponerse regresaron los hombres, que miraron el auto extrañados. Cuando las mujeres les explicaron lo que había sucedido, decidieron tener una reunión extraordinaria después de la cena.

Una de las mujeres llamada Ruth se acercó al auto.

—Los hombres no se reunirán hasta después de la cena. Están invitados a la casa de mis padres.

—No queremos molestar —dijo Katty.

—Puede que pasen muchas horas antes de que tengan una solución; si no llegan a un acuerdo hoy, no volverán a reunirse hasta mañana por la noche.

Salimos del auto y fuimos hasta la casa de Ruth. Aquella gente vivía de una forma sencilla, pero agradable. Nunca habían usado luz eléctrica, teléfono ni otro tipo de maquinaria. Para ellos el mundo seguía igual.

El salón de la casa era muy austero. Una gran mesa central con sillas, una chimenea con dos mecedoras, un aparador y una mesita auxiliar con ruedas. Encima de la mesa ya estaba la cena. Una suculenta ensalada, puré de patatas, maíz y guisantes.

Nos sentamos a la mesa. Los padres de Ruth no nos hablaron, pero antes de comer dieron gracias por los alimentos. Comimos en silencio; parecía que la conversación estaba prohibida durante la comida. Al terminar, el padre de familia, que tenía una larga barba morena, se dirigió a nosotros:

—Son muy bienvenidos. No nos mezclamos con ingleses, pero sí ayudamos a los que están en apuros, como nos enseñan las Sagradas Escrituras. En el caso de no llegar a un acuerdo esta noche sobre la forma de ayudarles, los chicos dormirán en el granero y las chicas en la casa.

—Gracias —le contesté.

—No hay de qué. Los cristianos no debemos dar las gracias, nada es nuestro —dijo el hombre.

Claus se mantuvo en silencio, pero Mary no pudo resistir hacerle una pregunta.

—No sabía que tenían una comunidad en Oregón. ¿Desde cuándo están aquí?

El hombre frunció el ceño, pues los Amish no hablaban con mujeres. Mary se ruborizó y se quedó callada.

—Hace buena noche, pueden quedarse un rato en el porche —dijo el hombre.

—Gracias —le dije.

Salimos al porche. La noche era fresca y el cielo estaba completamente despejado. Unas pequeñas luces iluminaban la ciudad en parte, pero lo más bello era la paz que se respiraba en aquel lugar.

—¿Cómo se llama este sitio? —pregunté a Ruth, que era la única que nos había acompañado afuera.

—Se llama Nueva Jerusalén —contestó la chica, después de mirar que nadie la observaba.

—Un bello nombre —dijo Katty.

Los hombres salieron hacia la sala de reuniones. Mientras caminaban, pensé en que aquella comunidad había sobrevivido al mayor cataclismo de la humanidad. Su forma de vida era tan independiente, que parecía que nada les afectase. A veces, cuando somos capaces de quitarnos las cosas superfluas y quedarnos con las que realmente importan, descubrimos en dónde radica nuestra verdadera fuerza.

Capítulo XXXV

LA COMUNIDAD DE
HOMBRES LIBRES

AQUELLA NOCHE LOS HOMBRES DE Nueva Jerusalén no tomaron una decisión. No nos contaron los pormenores del debate, pero algunos de los Amish, junto al líder más joven, pensaban que éramos culpables de traer la desgracia hacia su ciudad y no merecíamos su ayuda. Otros reconocían que habíamos sido imprudentes, pero que habíamos socorrido a los niños; los terceros querían ayudarnos, para que nuestro cacharro no se quedara estacionado delante de sus casas.

Por la mañana, después de un buen desayuno, nos invitaron a trabajar. Tenían la norma de que el que no trabajaba no podía comer. Los chicos salimos a faenar al campo y las chicas se quedaron con las mujeres.

Mientras nos dirigíamos a los huertos, comencé a hablar con un chico que parecía de mi edad.

—¿Saben lo que sucede fuera de esta pequeña ciudad?

—Siempre hemos estado bastante aislados, pero hace unos años gente de nuestra comunidad vendía productos en los pueblos cercanos. En cuanto se desató la Gran Peste no volvimos a ir. No sabemos qué habrá pasado, pero ya no hay casi autos y vemos animales por todas partes. Manadas de cerdos, vacas, caballos y ovejas que intentan comerse nuestras cosechas, pero lo peor es la proliferación de lobos y osos. Hacía años que no se veían osos por aquí, pero ahora hay decenas de ellos —dijo el chico.

—¿Cómo te llamas? —le pregunté.

—Jonathan —dijo el chico.

—Mucho gusto de hablar contigo. Todos esos animales escaparon de sus granjas abandonadas y ahora son salvajes. Lo malo es que cerca de las grandes ciudades puede que se hayan adaptado tigres, leones y otros depredadores —le comenté.

—Además, nosotros no usamos armas, por lo que es muy difícil mantener alejadas a esas bestias.

Pensé en la pistola que llevaba oculta bajo la ropa; esperaba que por tenerla no estuviera ofendiendo a la comunidad.

Cuando llegamos a los huertos, nos pidieron que limpiáramos las malas hierbas. Después de tres horas de trabajo, estábamos reventados. El sol pegaba con fuerza y sudábamos mucho.

—Pueden descansar un poco bajo esos árboles —nos dijo uno de los Amish.

Jonathan se acercó hasta nosotros con agua, algo de pan y jamón. Lo cierto es que nos supo a gloria. Estábamos hambrientos, aunque había algo gratificante en el cansancio físico, como si en cierto sentido nos liberara de nuestros temores.

Jonathan se quedó charlando con nosotros, ya que tenía curiosidad sobre lo que pasaba fuera de la comunidad.

—Algunos de los más jóvenes habían dicho que era mejor volver a contactar con los pueblos cercanos. Necesitamos ciertas cosas que nos es imposible encontrar aquí. También hemos perdido el contacto con otras comunidades, y eso es muy importante para nosotros —dijo el chico.

—¿Por qué es tan importante? —le pregunté.

—Normalmente nos casamos con gente de otra comunidad; los Amish llevamos cientos de años separados del mundo, nuestra sangre está poco mezclada, y cuanto más lejana sea la comunidad es mejor para nosotros. Seguro que alguna ha sobrevivido. Había una al oeste de aquí —dijo el chico.

—No sabía que habían llegado tan al oeste —le comenté.

—Nuestra comunidad tiene diez años. No nos gusta estar muy lejos de otros como nosotros, pero cuando supimos que había una en Nevada nos animamos. Somos originarios de Ohio.

El tiempo de descanso se estaba acabando. Nos íbamos a incorporar, cuando escuchamos algo parecido a un gruñido. Me giré y vi unos grandes colmillos brillando en la espesura. De entre los árboles salió un oso gigantesco y se abalanzó sobre Jonathan.

Claus y yo nos echamos a un lado. El oso marrón se movía sobre el chico con sus inmensas garras. Si no hacíamos nada, acabaría con él. Saqué la pistola y disparé. La detonación sonó en todo el valle.

Varios hombres vinieron hacia nosotros y nos ayudaron a quitar el oso de encima de Jonathan. Entre cuatro corrimos hacia la ciudad con el chico en brazos. Le llevamos a la sala de reuniones y esperamos fuera.

Tocaron la campana, y toda la comunidad se reunió enfrente de la casa. El anciano les pidió que oraran por el chico. Pasamos allí más de cinco horas, hasta que el hombre que le curaba salió del edificio.

—Jonathan, nuestro hermano, ha partido con Dios.

Nadie lloró, simplemente volvieron a sus quehaceres. Nosotros nos quedamos sentados en el suelo. El anciano se nos acercó y dirigiéndose a mí, dijo:

—Esta noche tomaremos una decisión definitiva con respecto a ustedes.

—Gracias, hermano —le contesté.

El anciano se marchó y nos quedamos los cuatro solos. Hacía unas horas Jonathan hablaba conmigo lleno de vida y fuerza, y ahora era poco más que un cascarón vacío sobre una mesa de madera. La vida era imprevisible, podía escaparse en un instante.

CAPÍTULO XXXVI

UNA DECISIÓN SALOMÓNICA

LA REUNIÓN DE LA COMUNIDAD estaba siendo muy larga y polémica. Se escuchaba a algunos alzar la voz y las mujeres parecían inquietas, cada una en el porche de su casa.

Nosotros estábamos en la casa de Ruth, pero cansado de esperar, les dije que iba al servicio, que estaba en la parte trasera, pero en realidad me aproximé a la sala de reuniones por detrás y me puse a escuchar la conversación.

—Ya les dije ayer que esos extraños nos traerían problemas.

—No han hecho nada malo, simplemente han matado al oso, pero el pobre Jonathan estaba tan malherido que no pudo salir adelante. Es la voluntad de Dios y nadie puede cambiarla —dijo la voz del anciano. Era una de las pocas que podía reconocer.

—Tenemos que expulsarles cuanto antes. Que se las arreglen como puedan —dijo otra de las voces.

—Eso no sería cristiano —dijo el anciano.

—El chico usó un arma y nosotros tenemos prohibido utilizar armas de fuego.

—Él no es miembro de nuestra comunidad —dijo el anciano.

—Tienes razón, pero si está entre nosotros es para cumplir nuestras normas —comentó una voz diferente.

—Entonces, ¿qué haremos con ellos?

—Yo propongo —comentó una voz que hasta ese momento no había intervenido— que tres de nosotros acompañen a los dos jóvenes a buscar la pieza que les falta; de esa manera se marcharán, pero que viajen hacia el oeste e intenten encontrar a la otra comunidad. Las chicas se quedarán aquí hasta que regresen.

—Me parece una buena idea —comentó el anciano.

Todos estuvieron de acuerdo, y antes de que salieran de la sala regresé al porche de la casa.

—¿Dónde has estado? —preguntó Claus.

Le hinqué la mirada para que se callara. El anciano de la comunidad llegó hasta nosotros con otros dos hombres y nos explicó su decisión.

—Mañana partirán con el hermano Abraham y el hermano Samuel, buscarán con ustedes la pieza que falta al auto, pero después pasarán por la comunidad Amish que está al otro lado de las montañas. Las chicas se quedarán hasta que regresen. Nosotros cuidaremos de ellas. Que Dios les bendiga —dijo el anciano.

No podíamos opinar, por eso nos limitamos a aceptar la decisión de la comunidad e irnos a dormir. El día había sido agotador y repleto de sinsabores; tal vez podríamos recuperar fuerzas y ver una mañana mucho más tranquila y luminosa.

Capítulo XXXVII

LA COMUNIDAD
PERDIDA

SALIMOS ANTES DEL AMANECER. EL carro era grande, pero no muy cómodo. Claus y yo estábamos en la parte trasera y los dos Amish en la delantera. El tiro era de dos caballos, por lo que al menos parecíamos avanzar más rápido que con uno de un solo caballo.

Salimos a la carretera y tomamos rumbo oeste. Aquella era una de las zonas más despobladas del estado, y seguramente de todo Estados Unidos, a excepción de la frontera con Canadá y el desierto de Texas y Nevada. Llevábamos agua y comida para tres días; a esa velocidad tardaríamos una semana en regresar con la pieza y continuar nuestro camino hacia el sur. El tiempo se agotaba, lo que alejaba la posibilidad de un remedio para mi inevitable muerte. Pensaba mucho en Susi y en mi hermano. No sabía cuánto tiempo aguantarían en Reno.

El paisaje era monótono, jalonado de inmensos bosques. Tomamos la carretera 380 y nos adentramos más en las montañas.

Los Amish apenas nos hablaban, pero yo sabía que el que se llamaba Samuel era uno de los ancianos más jóvenes, y que se había quejado de que nos ayudaran, por lo que no entendía su decisión final de llevarnos en el viaje. Lo único que me había resultado muy violento había sido entregar mi arma; los Amish no llevaban nunca ninguna. Les había insistido en que el viaje era muy peligroso para ir desarmado, pero no habían cedido en ese punto.

Afortunadamente, aquella zona parecía totalmente desierta. Únicamente algunas tribus habitaban territorios más al norte, pero había otros peligros. Podían atacarnos lobos, osos y otros animales.

Tras todo un día de viaje, lo único que vimos fue una granja abandonada y tierras sin cultivar. Por la noche, nos aproximamos a una arboleda y dormimos vestidos, dentro de la carroza, después de tomar un poco de pan y mantequilla.

A la mañana siguiente me dolían todos los huesos del cuerpo. Nos lavamos la cara en un arroyo y seguimos camino. Después de cuatro horas de viaje, nos detuvimos de nuevo y nos dieron algo de jamón y queso.

—¿Cuánto tardaremos? —pregunté desesperado.

Los Amish me miraron con cara de pocos amigos y me contestaron que un día más, y después no volvieron a abrir la boca hasta el mediodía.

Tras comer algo de pan y queso, nos pusimos de nuevo en camino. Nos cruzamos con rebaños de ovejas silvestres y de caballos, pero no vimos lobos ni osos. Al llegar la noche realizamos la misma operación.

El tercer día se presentaba igual de deprimente, pero uno de los Amish nos dijo que llegaríamos a la comunidad antes del mediodía. Eso nos animó un poco.

La carretera empezó a bordear un río y a descender. Al mediodía, como habían dicho los Amish, llegamos a las afueras de un pueblo llamado Prineville.

—Será mejor que no entremos a un sitio así sin armas —les advertí.

—No entraremos nosotros. Les esperamos aquí; tienen una hora para buscar la pieza —dijo Samuel.

Salimos del carromato y nos costó estirar las piernas encogidas durante horas. Caminamos hasta el pueblo; a la entrada había una gran iglesia con estacionamiento, pero no había ni un solo auto. Seguimos camino y vimos algunas casas, pero los pocos vehículos que había estaban quemados o desguazados. Tras quince minutos caminando, observamos un gran anuncio de Ford.

—Un concesionario —dijo Claus.

Nos acercamos animados. Una veintena de autos en el estacionamiento y otros quince dentro del concesionario nos esperaban. Sería fácil encontrar una batería entre tanto vehículo. Después de examinar los tres primeros, dimos con una.

—Podríamos buscar algo de comer —dijo Claus—, esos Amish me tienen muerto de hambre.

Me lo pensé antes de contestar, pero yo también estaba hambriento. Dejamos la batería en el suelo. Caminamos un poco más y encontramos una tienda. En las estanterías quedaban algunas latas sin caducar. Abrimos una de judías y nos la comimos allí mismo. También había algunas latas de refresco y unos chicles duros como piedras. Regresamos a buscar la batería, pero no estaba donde la habíamos dejado. Miramos por todas partes, pero nos quedamos algo nerviosos. Sacamos otra batería y caminamos a buen paso hasta la salida del pueblo.

El carromato estaba donde lo habíamos dejado, pero no había nadie dentro. Cargamos la batería y miramos por los alrededores; no había ni rastro de los Amish.

—¿Qué hacemos? —me preguntó Claus.

—No podemos regresar sin ellos —le contesté.

—¿Estarán en el pueblo?

—Me extraña que se hayan marchado voluntariamente, será mejor que busquemos algún arma —le comenté.

Tomamos el carruaje y nos dirigimos de nuevo al pueblo. Era la primera vez que llevaba caballos, pues en Ione casi nadie tenía.

El pueblo seguía tan desierto como lo habíamos dejado unos minutos antes. Pasamos el concesionario y el pequeño supermercado; había uno más grande al fondo. Pensé que con un poco de fortuna, habría armas y municiones.

Entramos en el centro comercial. Hasta la mitad del establecimiento las cristaleras rotas iluminaban el interior, pero más allá no se veía gran cosa.

—Un gran sitio para que se escondan gruñidores —comenté.

—Y nosotros sin armas —dijo Claus.

Entramos con cautela. Tomé una barra de hierro que había en el suelo y nos dirigimos a la zona de la armería. Buscamos entre las cajas tiradas y vimos una sencilla escopeta de caza y un par de cajas de cartuchos. Suficiente para salir del paso. Después tomamos una mochila y buscamos algunas provisiones.

Al regresar a la salida, vimos a dos gruñidores acercándose a nuestros caballos; estos se asustaron y corrieron calle arriba.

—Se escapan —le dije a Claus.

Los gruñidores se giraron y nos vieron. No era buena idea ir al fondo de la tienda; tendríamos que salir y correr tras los caballos. Los dos gruñidores se acercaron a nosotros y yo les disparé a las piernas; uno se cayó al suelo, pero el otro siguió persiguiéndonos. Corrimos y nos alejamos del centro comercial. Ya no se veía a los caballos.

En la calle había más centros comerciales, pero muy pocos autos. No sabía qué hacer. Si retrocedíamos aparecerían más gruñidores, y si seguíamos hacia delante nos alejaríamos de la ciudad. No teníamos medio para desplazarnos y apenas quedaban tres o cuatro horas de luz.

—Imagino que la comunidad Amish estará por allí —comenté a mi amigo.

—¿Por qué? —me preguntó.

—Es hacia donde han escapado los caballos —le expliqué.

—Espero que tengas razón.

Caminamos una hora, pero no vimos nada. Las últimas casas las habíamos dejado atrás media hora antes; caminamos más hacia el norte. Subida a una colina había un grupo de casas.

—Dios mío, espero que sean esas —le dije a mi amigo.

Ascendimos por la carretera. Había un grupo de carromatos cerca de la entrada de la comunidad, pero sin caballos. No se veía a nadie. Cuando llegamos al centro de las casas, miramos a un lado y al otro, pero aquello parecía un pueblo fantasma.

Escuchamos algo que se movía, y apunté con mi escopeta. Miramos detrás de la casa. Era nuestro carromato, y los caballos seguían vivos. Nos acercamos a ellos, pero a nuestro lado vimos algo que se movía rápidamente. Corrimos detrás de ello. Se metió en una casa; entramos, pero no se veía nada.

Escuchamos un ruido en la parte de arriba, subimos y registramos las habitaciones. Entramos en una de niños, Claus se agachó y miró debajo de la cama. No se incorporó, por lo que yo también me agaché. Un niño vestido de Amish de unos cinco años nos miraba muerto de miedo.

—Tranquilo, no te vamos a hacer nada —le dije, extendiendo la mano.

El niño se apretó contra el fondo de la pared. Claus metió su brazo y lo agarró de la chaqueta, tiró de él y lo sacó. El niño intentó escapar, pero lo tenía bien sujeto.

—¿Qué te pasa? ¿Dónde están los demás?

—Los adultos se han vuelto malos. Únicamente quedamos unos pocos niños.

Cuando salimos de la casa con el niño de la mano, veinte más salieron de sus escondrijos. Ahora teníamos que protegerles a todos ellos y llevarlos a un lugar seguro.

CAPÍTULO XXXVIII

OTRA MISIÓN
IMPOSIBLE

AQUELLO NOS SUPERABA. NO PODÍAMOS hacernos cargo de veintiún niños. ¿Dónde les transportaríamos? ¿Cómo les alimentaríamos? Era una verdadera locura. Aunque lo peor de todo era: ¿qué había sucedido con los dos Amish? Sin duda, estábamos en peligro.

—Mete a todos los niños en el salón de reuniones —le dije a Claus.

Tras intentar que se metieran de forma ordenada, intentamos averiguar qué les había pasado a los adultos de la comunidad. La niña más mayor era Sara, tenía ocho años y parecía muy despierta. Mientras Claus tranquilizaba al resto, yo me la llevé a un rincón de la sala.

—Sara, ¿puedes decirme lo que ha sucedido? ¿Dónde están los adultos?

Sara me miró con sus grandes ojos verdes; su mirada brillaba con fuerza. Ella y otra niña un poco menor habían cuidado del resto de los niños todo ese tiempo.

—Todos los adultos se volvieron raros, parecían animales. Nunca les había visto de esa manera —comentó Sara.

—Pero algo tuvo que suceder —le dije.

—Hace unos meses comenzaron a cambiar cosas en la comunidad. Algunos de los adultos querían ir al pueblo y aprovechar lo que los ingleses habían abandonado tras su muerte o desaparición. El anciano de nuestra comunidad les dijo que eso era anatema —comentó la niña

—¿Anatema? —le pregunté. La palabra me sonaba, pero no lograba dar con su significado.

—Creo que eso quiere decir prohibido, como cuando a los judíos Dios les decía que no comieran ciertas cosas —comentó la niña.

—Ya entiendo, ¿qué sucedió después?

La niña dejó de hablar. Sus ojos se humedecieron, los recuerdos le asustaban y producían un dolor intenso.

—Varios de los hombres jóvenes encerraron al anciano y no escucharon sus órdenes. El resto de la comunidad les siguió, y tomaron todo tipo de aparatos, dinero y joyas. Al principio todos estaban muy contentos, pero unas semanas más tarde comenzaron a transformarse. Primero eran ariscos y violentos, después salvajes y peligrosos.

—¿Dónde están?

—Por el día descansan, pero en cuanto se pone el sol salen a cazar. Tenemos que huir de ellos para que no nos hagan daño —dijo la niña.

Nos quedaban dos horas para que se pusiera el sol. Teníamos que encontrar un autobús o un microbús, aunque con los gruñidores sueltos por la ciudad, esta era muy peligrosa.

Encargué a Claus que cuidara de los niños, y Sara vino conmigo para explicarme dónde podía encontrar la escuela más cercana. Oré para que hubiera un autobús y funcionara. Tomamos el carruaje con los caballos; los animales eran asustadizos, pero al menos podíamos movernos con más rapidez. En diez minutos estábamos en la ciudad. Todavía era de día, pero la luz no era tan fuerte como media hora antes. Atravesamos las calles desiertas con la sensación de que decenas de ojos nos observaban, y después recorrimos varias calles de zonas residenciales hasta llegar a la escuela. Me bajé de la carroza, miré por delante y detrás del edificio, pero no había ningún autobús.

—No hay autobuses. ¿Dónde hay otra escuela?

La niña negó con la cabeza. Los Amish no salían mucho de su comunidad, y en los últimos tiempos en muy pocas ocasiones se aventuraban a las ciudades.

Buscamos durante otra media hora, hasta que encontramos una escuela. Afortunadamente, en el estacionamiento había dos autobuses y un microbús. Subí al primero, pero no tenía las llaves, y lo mismo ocurrió con el resto.

—Sara, tengo que entrar en la escuela para buscar las llaves.

—Es muy peligroso —dijo la niña.

Tenía razón, pero no nos quedaba más remedio. Entré por la puerta principal de la escuela mientras ella me esperaba en uno de los autobuses con la puerta bloqueada. El edificio estaba oscuro, pero algunos rayos de sol todavía entraban por las cristaleras.

Busqué el cuarto del conserje; si las llaves estaban en algún sitio, era allí. Afortunadamente estaba al principio del pasillo. La puerta estaba cerrada, pero había un gran ventanal. Entré por la ventana corrediza y busqué las llaves en un panel en la pared. Había medio centenar, pero cada una tenía su letrero. Cuando descubrí la de los autobuses, tomé las tres y salí de nuevo por la ventana. En cuanto pisé el pasillo noté que algo andaba mal, miré a la espalda y vi a cuatro gruñidores que venían hacia mí. Corrí hasta la entrada principal y cerré la puerta, para entretenerles un poco más. Resoplé apoyado en la salida, pero cuando miré hacia los autobuses, una docena de gruñidores los rodeaba.

Intenté no llamar su atención; subí al autobús por la escalerilla trasera hasta el techo, y después entré por la puerta del conductor. Cuando la niña me vio se abrazó a mí.

Cuando miré hacia fuera, la docena de gruñidores se había convertido en medio centenar y comenzaban a empujar las puertas del autobús para entrar. Probé rápidamente las llaves, pero ninguna parecía coincidir.

—Dios mío, ¿cuál es? —dije en voz alta.

Al final, la tercera encajó y el motor se puso en marcha. Primero di marcha atrás. Una docena de gruñidores estaban agarrados al autobús, después salí por la puerta del patio, aceleré y logré quitarme a seis o siete gruñidores, aunque dos estaban pegados a la parte delantera del autobús. Frené en seco y se cayeron, y aproveché para acelerar y salir de la ciudad. Cuando llegamos a la comunidad, dejé el motor en marcha y a Sara dentro. La noche había llegado y los miembros de la comunidad estaban enfrente de la sala de reuniones. A pesar de sus vestidos Amish, sus rostros eran de gruñidores enojados.

Capítulo XXXIX

UNA MISIÓN IMPOSIBLE

NUNCA HABÍA INTENTADO ATRAVESAR UNA jauría humana totalmente desarmado. Las oportunidades eran mínimas, pero afortunadamente no estaba solo. Claus salió de la sala de reuniones apuntando a los gruñidores y disparó al que parecía el jefe. Todos se giraron, y yo aproveché para entrar en la sala. Cerramos la puerta y respiramos aliviados.

—¿Cómo saldremos de esta? —me preguntó Claus.

—A veces no tengo todas las respuestas —bromeé.

Los niños nos miraban con cara asustada, hasta que el niño que habíamos encontrado primero se acercó a nosotros y nos dijo:

—Salgamos por detrás; después cruzaremos los árboles y saldremos justo al otro lado.

Nos miramos los dos sorprendidos, pero pusimos a los niños en orden, dados de la mano, y salimos por la puerta trasera. Caminamos en la oscuridad en silencio, esquivamos los árboles y unos minutos más tarde estábamos muy cerca del autobús, pero el grupo de gruñidores, a pesar de estar de espaldas, también estaba muy próximo.

—Esto lo tenemos que hacer muy rápido —les dije a los niños en voz baja.

Caminamos rápidamente hasta la puerta. Sara la abrió y comenzaron a entrar. Apenas lo habían conseguido seis o siete cuando un gruñidor se giró, y con un grito llamó a los demás. Todos corrieron hacia nosotros y yo apremié a los niños para que subieran más rápido.

Claus apuntó con el arma y abatió a dos de los gruñidores. Quedaban seis niños en tierra cuando los gruñidores llegaron a nuestra altura, y mientras el último niño entraba en el autobús tuvimos que repeler a aquellos monstruos a golpes. Después entramos y cerramos la puerta.

Corrí al volante, mientras los gruñidores comenzaban a zarandear el autobús para volcarlo. El autobús se detuvo.

—¿Qué pasa? —preguntó Claus nervioso.

—No lo sé —le contesté desesperado.

Volví a intentarlo y el motor ronroneó, pero luego rugió de nuevo. Pisé el acelerador y salimos a toda velocidad. Mientras nos alejábamos de la comunidad, una sensación de angustia me invadió.
¿Qué íbamos a hacer con todos esos niños ahora?

CAPÍTULO XL

LA EXCURSIÓN

ESCAPAR HABÍA SIDO MUY COMPLICADO, pero sobrevivir lo iba a ser mucho más. Dos días de viaje sin bebida, comida ni alimentos, con el depósito de gasolina en la reserva y veintiuna bocas que alimentar parecía una verdadera pesadilla. Mientras dejábamos atrás la ciudad, la única que habíamos visto en todo el camino, mi cabeza no dejaba de dar vueltas a aquel asunto. Los chicos estaban agotados y no tardaron en quedarse dormidos en sus asientos; nosotros estábamos agotados, pero la adrenalina nos mantenía totalmente despejados.

—Claus, tenemos que regresar por otro camino y encontrar algún lugar en el que repostar y reunir comida —le expliqué a Claus.

Mi amigo buscó en el mapa, y yo paré el autobús para que me indicara el camino.

—No podemos regresar por la que vinimos. La ciudad más cercana es Bend, pero nos aleja de nuestro destino. Redmon también está cerca, pero sucede lo mismo. Hay un pequeño pueblo en la carretera 26 llamado Mitchell. Allí podríamos encontrar comida y gasolina. Después ir más al norte por la carretera 19 y después por la carretera 402. Es un rodeo, pero no veo otra forma.

Estuvimos de viaje toda la noche. Cuando los niños despertaron, no había nada para comer y empezaron a quejarse. La carretera se hacía interminable y volvieron a quedarse dormidos. Hacia las seis de la tarde llegamos a las afueras de Mitchell.

—Claus, tú te quedarás en al autobús con todos los niños, menos las dos niñas grandes, que me ayudarán a traer comida. En cuanto encontremos gasolina acercaremos el autobús.

—De acuerdo —dijo Claus.

—Yo puedo ayudar —dijo el niño de cinco años.

Sara afirmó con la cabeza. Al parecer, el niño era muy despierto y encontraba lo que otros no eran capaces de hallar.

—Está bien, vendrás con nosotros.

Bajamos del autobús y recorrimos el pueblo andando. La localidad era pequeña. Simplemente había una larga calle central paralela a la carretera, varias calles perpendiculares y una pequeña zona residencial y de vacaciones. En la calle principal estaban todas las tiendas, que consistían en dos supermercados pequeños, una gasolinera, la oficina de correos y una cantina.

Mientras yo exploraba los supermercados, las chicas esperaban fuera con el niño.

—Pueden entrar, no hay peligro —dije desde el interior.

Los supermercados no estaban saqueados y logramos encontrar muchas latas de carne, pescado, verduras, y también mermeladas y leche en polvo. Cargamos dos carros de comida y volvimos al autobús. Claus lo acercó al pueblo. Si había combustible, la jornada habría sido un éxito.

No había mucha gasolina, pero al menos podríamos hacer todo el viaje de regreso.

—Espero que nada nos desvíe del camino —dijo Claus, después de comprobar el depósito. Estamos muy justos.

Tras un ligero almuerzo, continuamos viaje. Todas eran carreteras de montaña, lo que nos obligaba a ir más lentamente y gastar demasiada gasolina.

Los niños se relajaron y disfrutaron el viaje. Ninguno había montado nunca en autobús, ni tampoco habían salido de las inmediaciones de su comunidad; para ellos, el viaje era una verdadera aventura.

Cuando llegamos a la carretera 19 comenzaba a anochecer, los niños estaban dormidos y Claus me había sustituido al volante.

—Es un milagro que todos los niños estén vivos —dije a mi amigo.

—Lo cierto es que sí lo es. Rodeados de peligros y en cambio todos sanos y salvos.

—Espero dejarlos a todos con los Amish, ellos los tratarán bien —le dije.

—Lo que me preocupa es qué habrá sucedido con los dos Amish que nos acompañaban —comentó Claus.

—Puede que los gruñidores les atraparan —le dije.

—Eso mismo he pensado yo. No me caían muy bien esos tipos, pero espero que logren escapar. Morir a manos de esas bestias es terrible —dijo Claus.

Entonces me di cuenta de una cosa terrible.

—Se nos olvidó la batería —le dije a mi amigo.

—No te preocupes, servirá la del autobús —dijo Claus.

—¿Estás seguro?

—Me refiero para recargar la nuestra. Imagino que en la parte de herramientas habrá cables —dijo Claus.

Nuestra idea era conducir toda la noche. Cuanto antes llegáramos a nuestro destino, antes retomaríamos nuestro viaje a Reno.

—¿Qué harás cuando lleguemos a Reno? —le pregunté.

—No lo he pensado, imagino que seguir con ustedes. No tengo ningún sitio al que ir.

Claus parecía un chico serio y reservado; para mí seguía siendo un desconocido.

—¿Cómo puedes vivir sin hacer planes? Si no supiera a dónde me dirijo, me volvería loco.

—Yo, en cambio, permito que las cosas sucedan por sí mismas —comentó Claus.

—Si no tenemos objetivos claros, nunca los lograremos —le dije.

—Mi objetivo es no tener objetivos —bromeó.

Por desgracia había conocido a mucha gente como Claus, para los que la vida era un montón de casualidades que no conducían a ninguna parte. Para mí era un camino que recorríamos una sola vez, y por eso era tan importante conocer de dónde veníamos y a dónde nos dirigíamos.

Capítulo XLI

EL REGRESO

MIENTRAS EL SOL SALÍA POR el horizonte, mi cabeza estaba en otro lugar. El autobús ascendía por la carretera 402 lentamente. No tenía mucha potencia, pero al menos resistía los tremendos desniveles de la zona.

Claus se despertó y comenzó a estirarse, después se frotó los ojos y se puso a mi lado.

—¿Alguna novedad? —preguntó.

—Sin novedad —le contesté.

—¿Cuándo llegaremos?

—Yo calculo que en la noche, a la hora de la cena —bromeé.

—Tengo ganas de comer un guiso caliente y ver a las chicas —dijo Claus.

—¿Por ese orden? —le pregunté.

—Precisamente por ese orden —contestó sonriente.

Los niños comenzaron a despertar. Sara se acercó a nosotros y nos preguntó si podía dar de comer a los niños.

—Sí, claro —le contesté.

Tras un desayuno muy suave, continuamos camino. El paisaje era igual durante todo el trayecto, pero a veces la tranquilidad era algo muy bueno en un mundo repleto de incertidumbre.

Cuando dejamos la carretera 402 y fuimos hacia el norte por la carretera 395, tuvimos la sensación de regresar a casa. Aunque ninguno de nosotros tenía una verdadera casa a la que regresar.

Mientras el sol se ponía en el horizonte, los chicos cantaban canciones y nosotros preferíamos pensar que estábamos en una excursión a punto de terminar.

Ya era de noche cuando nuestro autobús se estacionó en el centro de la plaza de la pequeña comunidad Amish. Todos salieron a recibirnos, pero se quedaron boquiabiertos cuando los veintiún niños descendieron del autobús.

Katty y Mary nos abrazaron y nos dijeron que nos habían extrañado.

—Nosotros también les hemos extrañado. Esta noche les contaremos nuestra aventura —les dije.

El anciano de la comunidad se acercó hasta nosotros muy serio. No parecía tan contento como el resto de la comunidad.

—¿Dónde están los dos hermanos que fueron con ustedes? —nos preguntó.

—Los perdimos al entrar en la ciudad. Cuando fuimos a la comunidad, tampoco los encontramos allí —le expliqué.

—¿Quiénes son estos niños? —preguntó el anciano señalando a los niños, que comenzaban a distribuirse entre las familias de la comunidad.

—Los Amish de Prineville se han convertido en gruñidores, y únicamente los niños están sanos. No podíamos dejarlos solos —le dije.

—Han hecho bien, pero mañana tendrán que arreglar su vehículo y partir; desde que llegaron a la comunidad, los problemas se han multiplicado —dijo el anciano.

—Mañana nos marcharemos. Gracias por acogernos todo este tiempo, lamentamos los daños causados —le dije.

Cenamos en casa de Ruth aquella noche, aunque acompañados por Sara y el niño de cinco años, a los que había adoptado su familia. Los Amish eran gente solidaria y hospitalaria. Su aislamiento del mundo les había permitido conservar ciertas costumbres que los demás habíamos perdido, pero igual que sucedía con el agua fresca retenida, también les había hecho ásperos y legalistas.

Estábamos agotados, pero estuvimos varias horas contando a nuestras amigas lo que había sucedido en el viaje. Cuando nos fuimos a la cama, eran casi las dos de la madrugada. Al día siguiente partiríamos hacia Reno; por un lado nos costaría dejar a la comunidad, pero por el otro sabíamos que nunca nos adaptaríamos a sus espartanas costumbres. Aunque al día siguiente las cosas no iban a suceder como esperábamos.

CAPÍTULO XLII

NUEVAS SORPRESAS

LA MAÑANA SE LEVANTÓ FRESCA y despejada. A pesar de dormir poco, al menos había descansado unas horas y en una cama, aunque fuera en el granero. Claus seguía durmiendo a mi lado a pierna suelta, pero yo aproveché para asearme y vestirme. La mayoría de los hombres se habían ido a trabajar, y en la comunidad únicamente quedaban los niños y las mujeres. Claus se despertó sobresaltado y se vistió rápidamente. Nos dirigimos a casa de Ruth y desayunamos con las chicas.

—Hoy nos vamos —dijo Mary.

—Sí, les extrañaremos —dijo Ruth, que nos había servido el desayuno.

—Nunca se sabe cuándo nos volveremos a ver —dijo Katty.

—Me temo que nunca más. Los Amish no dejamos la comunidad a no ser por una causa muy grave —dijo Ruth.

—Al menos tienes una nueva amiga —comentó Mary señalando a Sara.

Katty abrazó a Ruth cuando comenzó a llorar.

—Eres muy afortunada, todos nosotros hemos perdido a nuestros padres —comentó Katty.

—Lo sé, pero no quiero que se marchen.

Claus se puso de pie, y sin decir nada se fue a reparar el auto.

—Te extrañaremos —le dije a Ruth antes de dejar el salón.

Cuando llegué hasta el auto, Claus ya había abierto los capós y había conectado los cables a las baterías.

—Necesito que conectes el motor del autobús. Esto nos servirá un tiempo, pero en cuanto podamos tenemos que cambiar la batería —dijo Claus.

Subí al autobús y conecté el motor. Dejamos que la batería se cargara un rato, mientras nosotros conversábamos. Entonces escuchamos lo que parecía un auto.

—¿Quién vendrá? —preguntó Claus.

Le iba a decir que buscara el rifle, cuando el auto entró en la plaza y se detuvo. Del vehículo bajaron dos hombres; para sorpresa nuestra, eran los hermanos Samuel y Abraham.

CAPÍTULO XLIII

AVARICIA

NOS QUEDAMOS BOQUIABIERTOS AL VERLOS bajar del auto. Sus vestidos de Amish estaban algo ajados, pero lo que realmente se veía cambiado era su rostro. Parecían más viejos, con la piel cetrina y sus barbas canosas y menos pobladas.

—¡Están aquí! —gritó Samuel.

Retrocedimos unos pasos, pero el auto seguía conectado con los cables, el rifle en el autobús y no había más salida que dejarnos atrapar.

Mary y Katty se acercaban a la plaza cuando vieron a los dos hombres, uno de ellos sacó una pistola y nos apuntó.

Mary corrió a la campana y tocó la alarma. Antes de un cuarto de hora todos los hombres de la comunidad estarían de vuelta.

Cuando los hombres llegaron a la plaza, Samuel y Abraham seguían apuntándonos con la pistola.

—¿Qué sucede? —preguntó el anciano de la comunidad.

—Tenemos que deshacernos de estos chicos —dijo Samuel.

—¿Por qué? ¿Qué hacen con armas y un auto?

—Nuestros hermanos ya no siguen las leyes de los Amish —dijo Samuel.

—No son leyes de los Amish, son leyes de Dios —dijo el anciano.

—Son leyes humanas —insistió Samuel—. No se dan cuenta, somos casi los únicos adultos que quedan en el mundo, y podríamos gobernarlo si quisiéramos.

—Este no es nuestro mundo, es el mundo de los ingleses. Nuestro reino está en los cielos —dijo el anciano.

—Eso son tonterías. Ahora yo soy el anciano de la comunidad y se hará lo que yo ordene —dijo Samuel.

—Tendremos una asamblea —dijo el anciano.

Abraham disparó al hombre y este cayó herido al suelo. Los miembros de la comunidad se asustaron, pero unos pocos se unieron a los rebeldes.

—Encierren al viejo y a los chicos —ordenó Samuel.

Nos llevaron a un granero viejo y nos encerraron. Cuando al fin nos dejaron solos, intenté trazar un plan.

—Esos locos son muy peligrosos, creo que se están convirtiendo en gruñidores —les comenté.

—¿Cómo es posible? —preguntó Katty.

—Cuando la avaricia, la envidia, el odio o cualquier otro sentimiento de este tipo anida en el corazón de los adultos, se transforman en gruñidores —le expliqué.

—Ahora lo entiendo —dijo el anciano.

Mary se acercó y examinó su pierna. Sangraba y no tenía muy buena pinta. Hizo un torniquete y detuvo en parte la hemorragia.

—No es la dieta o los alimentos, es el comportamiento lo que convierte a los adultos en gruñidores —les dije.

—Entonces toda la comunidad se infectará si no hacemos algo pronto —dijo Katty.

—Sí, además los niños están en peligro. Cuando se vuelvan gruñidores irán por ellos —dije.

Mary se acercó a la rendija que había en el portalón y miró a la plaza. Había varios Amish armados, y el resto de la comunidad estaba en sus casas.

—Tenemos que escapar —dijo Claus.

—No podemos abandonar a la comunidad —le contesté.

—No tenemos armas, ¿qué podemos hacer contra ellos?

Escuchamos ruido en la parte superior del granero. Miramos hacia arriba y por una trampilla apareció la cara de Ruth; bajó una escalera y nos invitó a subir.

—Hay una escalera por la parte trasera —nos indicó Ruth.

Claus fue el primero en subir, después le siguieron Katty y Mary. Yo me quedé mirando al anciano.

—Escapen —dijo al ver que no me marchaba.

—¿Qué será de ustedes? —le pregunté.

—Lo que Dios quiera. Si perecemos, significará que no hemos agradado a Dios. No entiendo cómo he podido criar a dos serpientes entre nosotros —se lamentó el anciano.

—No son serpientes, son seres humanos. Todos somos imperfectos.

—Tienes razón.

Ruth descendió por la escalera, y poniéndome una mano en el hombro me dijo:

—Yo le cuidaré.

—No les dejaremos solos —le dije.

Cuando estuvimos fuera del granero, nos acercamos al autobús. Claus buscó el arma, y afortunadamente continuaba en su sitio.

Los hombres de Samuel vigilaban el salón de la comunidad, los almacenes comunitarios y la casa de su líder.

Nos agachamos dentro del autobús, para pensar cuál sería nuestra próxima actuación.

—Tenemos que capturar a Samuel y Abraham, pues son los que están infectados. Si no los detenemos, toda la comunidad enfermará —les dije.

Bajamos del autobús, me acerqué al auto y tomé mi arco. Katty tenía que distraer al guarda mientras nosotros entrábamos en la casa.

—Hola —dijo Katty.

El hombre la miró sorprendido.

—¿Qué haces aquí?

—Me han liberado, voy a hacerme uno de ustedes.

Mientras la chica le hablaba, Claus atacó por detrás al hombre y le dejó inconsciente. Katty tomó su arma y entramos en la casa. El salón estaba vacío, pero escuchamos ruidos en la cocina. Abrimos la puerta y vimos a Samuel comiendo carne cruda.

—¡Qué! —dijo sorprendido.

Nos abalanzamos sobre él, pero parecía tener una fuerza sobrehumana. Intentó alcanzar un arma, pero Claus le golpeó en el brazo con la culata del rifle. Entre todos logramos reducirle y atarle.

Katty y Mary se marcharon por la puerta de atrás. Claus y yo salimos a la plaza con Samuel atado y nosotros agazapados a su espalda. Todos sus hombres acudieron al instante.

—Dejen las armas o dispararemos —les dije.

—No le hagan caso. ¡Disparen! —ordenó Samuel.

—¡No disparen! —se escuchó la voz del anciano, que llegaba apoyado entre Ruth y Katty.

—Mátenlos —dijo Samuel.

—No podemos matar a una criatura de Dios —dijo el anciano.

—¡Disparen ahora mismo! —gritó Samuel, soltando espumarajos por la boca.

—Hemos sobrevivido porque había amor y paz en nuestros corazones, pero el odio destruirá a nuestra comunidad —dijo el anciano.

Los hombres comenzaron a arrojar las armas al suelo, pero Abraham levantó la pistola y nos disparó. Yo respondí con mi arco; le di en un hombro y se le cayó la pistola al suelo. Un Amish la tomó y la lanzó con el resto de las armas.

Samuel se revolvió, pero el anciano se acercó a él, cerró los ojos, le puso su mano sobre la frente y oró. Unos segundos más tarde, Samuel parecía regresar de un largo sueño.

Tras ordenar la comunidad, el anciano nos invitó a quedarnos, pero teníamos que proseguir viaje.

—Gracias por todo —dijo el anciano apoyado en una muleta.

—Los cristianos no dicen gracias —le contesté.

Sonrió y me extendió la mano.

—Ustedes forman parte de nuestra familia. Siempre podrán volver aquí —dijo el anciano.

—Gracias... Lo siento —dije, bromeando.

—Tienes algo especial, Tes; no dejes ese don, puede que salves a mucha gente. Este viejo mundo enfermo necesita ser sanado.

Mis amigos se despidieron de todos, y yo me acerqué a Sara y le di un abrazo. Cuando subimos al auto, teníamos un nudo en la garganta. No queríamos marcharnos, pero nuestro viaje continuaba. Al otro lado de las montañas alguien nos esperaba.

Salimos de la plaza mientras los Amish se despedían agitando el brazo. Miré por el retrovisor del auto y pude ver la cara sonriente de esas personas sencillas, pero felices, que dejaban abierta la puerta a la esperanza de un mundo mejor.

PARTE II:

EN LA TIERRA
DE MINOS

Capítulo XLIV

CALIFORNIA

NUNCA HABÍA ESTADO EN CALIFORNIA; por eso, cuando nos acercamos a la frontera después de dos días tranquilos y sin sobresaltos, casi pude notar cómo el calor y las playas de Los Ángeles me invitaban a bañarme en el océano. Aunque nuestro camino no iba por la costa, realmente bordeábamos el estado de Nevada, una zona a veces inhóspita.

Katty conducía el auto, y nuestra única preocupación era cómo volver a llenar el depósito del auto. Esperábamos encontrar algo de gasolina en Lakeview.

La ciudad era más grande que las otras ciudades de Oregón, pero seguía el mismo patrón de calles alargadas, manzanas cuadriculares y nada que destacar. Las llanuras cultivadas y la monotonía de pequeñas iglesias, aisladas comunidades y viejas camionetas oxidadas en los jardines.

Conseguimos algo de gasolina en la ciudad y continuamos camino. Al otro lado del lago estaba California, aunque cuando atravesamos la línea imaginaria entre los dos estados, apenas cambió nada a nuestro alrededor.

Bordeamos el primer gran lago. No había árboles alrededor, únicamente inmensas explanadas que comenzaban a amarillear mientras las aguas plateadas del lago descansaban, sin nada de aire que agitara sus mansas aguas.

Tras pasar el primer lago, otro nuevo lago más pequeño apareció a nuestra izquierda. Apenas habíamos comenzado a vislumbrar las inmensas montañas, cuando vimos cómo la carretera se terminaba bruscamente. Nuestro vehículo era pesado, pero aun así era un riesgo continuar por ese camino.

Nos detuvimos en la carretera y consultamos el mapa.

—Debemos desviarnos por la carretera 299, para luego seguir hacia el sur por una secundaria y terminar en la carretera 447 —dijo Mary leyendo el mapa.

—Eso nos desvía mucho —se quejó Katty.

—Pero no podemos arriesgarnos a que se nos pinche una rueda —comenté.

—Estas ruedas son enormes —se quejó Katty.

—Sí, pero están muy desgastadas. No sabemos cómo estará el camino más arriba —le dije.

Giramos por la 299 y comenzamos a dirigirnos hacia el lago más pequeño. Aquel valle se llamaba Surprise Valley, y realmente era el valle de la sorpresa.

CAPÍTULO XLV

EL REINO DE MINOS

AQUEL VALLE SECO NOS DEJÓ boquiabiertos. El lago estaba prácticamente vacío y únicamente la arena de las orillas recordaba que en otro tiempo debió de haber agua. La única ciudad de la zona era Cedarville, otro pequeño pueblo sin alma en mitad de la nada. A medida que recorría el estado, me daba cuenta de que los grandes espacios vacíos de Estados Unidos se habían llenado con poca gracia e imaginación. Todos eran iguales, nada destacaba, apenas una iglesia algo más grande o el perfil de un desproporcionado estadio de fútbol americano.

Nos detuvimos en la calle principal del pueblo, pero había apenas señales de vida. Después tomamos la carretera del sur, con la esperanza de regresar al camino principal lo antes posible. Sabíamos que esos desvíos solían ocasionarnos problemas.

Mary había logrado recuperar la alegría, después de los últimos incidentes. Enseguida comenzó a cantar y todos nos unimos a ella; nos sentíamos como unos colegiales que están de excursión por la montaña.

Nos detuvimos cerca del final del lago seco, junto a unas tierras de cultivo abandonadas.

—Será mejor que prepare la comida —dijo Mary, mientras los demás estirábamos un poco las piernas.

Me alejé un poco del grupo, pues a veces sentía la necesidad de estar solo, aunque fuera únicamente unos instantes. Después me acerqué y comimos en silencio, hasta que Mary comenzó a hablar.

—Después de lo que sucedió en Mt. Vernon, he seguido dando vueltas a lo que nos contó el pastor Jack Speck —dijo Mary.

—¿Qué les contó Speck? —preguntó Katty.

—Nos habló de una extraña teoría, por la cual el virus tiene relación con la maldad humana. Todo el mundo se infectó, pero algunos murieron y otros se convirtieron en gruñidores. Al parecer, los que murieron fue porque estaban preparados para cruzar el umbral de la muerte, pero los que no lo hicieron fue por su maldad —explicó Mary.

—¿Cómo sabía eso el pastor Speck? —preguntó Claus.

—Él mismo lo comprobó con los miembros de su congregación; al parecer, el jefe de los gruñidores era uno de ellos. Eso explicaría que los niños no murieran, ya que eran inocentes y no podían ser condenados y juzgados —dijo Mary.

Nos quedamos todos en silencio. A mí no me apetecía hablar del tema; en el despacho de la escuela había pasado verdadero miedo, pero no había comentado nada a mis compañeros.

—¿Qué les sucedió mientras estuvieron prisioneras? —preguntó Claus.

—Lo cierto es que se me han olvidado muchas cosas, como si todo se hubiera tratado de un mal sueño —dijo Mary.

—Yo tampoco recuerdo mucho. Nos capturaron en la iglesia, nos llevaron a la escuela y nos encerraron. El líder de los gruñidores vino a vernos. Su presencia me inquietaba, y tenía la sensación de que salía de él una gran fuerza. Algo que me atraía y me repugnaba al mismo tiempo —dijo Katty.

Claus me miró directamente a los ojos y me lanzó una pregunta:

—¿Qué sucedió en aquel despacho?

Al principio no supe qué contestar. Yo mismo no entendía lo que había sucedido.

—Noté un poder oscuro, diabólico. Entonces comencé a orar con todas mis fuerzas y ese poder comenzó a debilitarse —les expliqué.

—Entonces crees que es algo espiritual —dijo Mary.

—Eso es ridículo —comentó Katty.

—Lo cierto es que me invadió el pánico, pero cuando comencé a orar, todo el miedo desapareció y el gruñidor tuvo que huir —les dije.

—Puede que fuera casualidad —dijo Claus.

En ese momento escuchamos un ruido de la montaña. Cuando quisimos observar lo que pasaba, contemplamos cuatro parapentes que descendían por la ladera hacia nosotros a toda velocidad.

CAPÍTULO XLVI

UTOPÍA

EL ESPECTÁCULO HABRÍA SIDO INCREÍBLE si aquellos chicos no estuvieran armados hasta los dientes. Descendieron justamente sobre nosotros y nos apuntaron con sus armas.

—Están en Utopía —nos explicó su jefe, un chico de color vestido con un traje térmico.

—¿Utopía? —pregunté extrañado.

—Sí, pero no tienen permiso para cruzar por nuestro territorio —dijo otro de los chicos.

—No sabíamos que esta tierra pertenecía a nadie, simplemente veníamos de paso —le comenté.

—Tendrán que rendir cuentas a nuestro rey, Utopo —dijo el chico negro.

Los chicos desmontaron sus alas artificiales y nos llevaron montaña arriba hasta un lago. En medio del lago habían creado una isla artificial. Las calles eran pasarelas de madera y los accesos podían ser cortados en caso de ataque. En el centro de la isla estaba el gran palacio de Utopo. Entramos en la gran sala real. Allí había media docena de soldados y unos veinte cortesanos. El rey era un chico de unos catorce años, de piel morena, y sus rasgos delataban su origen indio.

—Me han informado de su incursión. Poca gente pasa por nuestro reino, a no ser que hayan venido a espiarnos —dijo el rey.

—No sabíamos de la existencia de este reino. Creíamos que esta tierra estaba deshabitada —le comenté.

—No, llevamos años construyendo nuestra hermosa ciudad Amaurota —dijo el rey.

—Es realmente bella —señaló Katty.

Uno de los consejeros vestidos completamente de negro se acercó al rey y le habló al oído. Aquel joven consejero estaba contrahecho; tenía una gran joroba, unas piernas flacas y deformes, pero lo peor era su rostro monstruoso.

—¿Cómo sé que no son espías de Minos? —preguntó el rey.

—¿Minos? No sabemos qué es eso —contestó Mary.

—Minos es un reino más al sur, en Reno. Son nuestros enemigos. Ellos tienen algunas prácticas monstruosas —dijo el rey.

—Estamos de paso —le contesté.

—¿Dónde se dirigen? —me preguntó.

Titubeé por unos instantes. Si le decía que nos dirigíamos a Reno, sus sospechas aumentarían, pero tampoco estaba dispuesto a mentirle.

—Hacia el sur, nuestro objetivo final lo desconocemos —le contesté.

—Al sur, hacia Reno —dijo el consejero.

Al escuchar su estridente voz, sentí un escalofrío que me recorrió toda la espalda.

—No tiene derecho a retenernos, simplemente hemos pasado por sus tierras y nos marcharemos en cuanto nos deje en paz —dijo Katty.

—No puedo dejar que se marchen sin disfrutar de la hospitalidad de Amaurota, nuestra capital —dijo el rey.

Varios soldados nos escoltaron hasta unas habitaciones en la parte alta de la gran casa. Las vistas desde allí eran excepcionales. El cielo azul, el agua del lago brillante como una bandeja de plata, las casas de madera y las pasarelas en forma radial. Aquella era sin duda la cárcel más bella en la que habíamos estado, aunque una jaula de oro sigue siendo una jaula, y unos prisioneros siguen siendo unos prisioneros.

CAPÍTULO XLVII

EL COMPLOT

NOS CAMBIAMOS PARA LA CENA. El rey nos facilitó unos elegantes trajes, y a las ocho en punto estábamos en el amplio salón del palacio. Las mesas estaban dispuestas en un inmenso cuadrado; los manteles de hilo, los cubiertos de plata y las hermosas copas de cristal manifestaban un lujo inusual. Desde Místicus no habíamos encontrado un reino tan bien organizado, ni tan rico.

Nuestro cuidador se llamaba Aarón. Era muy agradable y educado, nos trataba como a verdaderos huéspedes y nos acomodó justamente al lado del rey. Su consejero no parecía muy contento.

—¿De dónde vienen? —me preguntó el rey inclinándose hacia mi lado.

—Somos del norte de Oregón, de un pequeño pueblo llamado Ione —le contesté.

—Nunca habíamos escuchado tal nombre —me dijo el rey.

—Prácticamente no aparecemos en el mapa —dijo Mary bromeando.

—¿Por qué han dejado su hogar para enfrentarse a los peligros de un largo viaje? —preguntó el rey.

—Nuestro hogar fue destruido y estoy buscando a mi hermano Mike y una amiga llamada Susi —le conté.

—Entiendo. En nuestra hermosa ciudad no existen lazos familiares; producen demasiado dolor en los tiempos que corren —dijo el rey.

—¿No hay niños pequeños y familias? —preguntó Katty.

El rey frunció el ceño. No le gustaba mi amiga, pues era demasiado directa e indiscreta para él.

—No, no tenemos hijos de forma natural si a eso te refieres, simplemente acudimos a nuestro laboratorio y nuestro mago hace niños o niñas según la necesidad de la comunidad —dijo el rey.

Nos quedamos sorprendidos. Cada reino y ciudad que visitábamos tenía normas y reglas más inhumanas.

—Los hacemos crecer en incubadoras, y hasta que pueden aprender y trabajar están fuera de la ciudad, en las granjas. De esa manera no nos molestan —dijo el rey.

—Pero los niños necesitan unos padres —se quejó Katty.

—Los niños necesitan comida y cuidados, todo lo demás es superfluo —dijo el rey.

El consejero se metió en nuestra conversación; estaba deseando opinar, y aquello le concedió la oportunidad que deseaba.

—Ustedes no son nadie para juzgar nuestras leyes. Este reino está constituido desde la Gran Peste, y gracias a la sabiduría del rey y sus antecesores nada ha podido destruirnos —dijo el consejero.

Intenté cambiar el tema de conversación y le pregunté por el reino de Minos.

—¿Por qué son sus enemigos los ciudadanos del reino de Minos? —pregunté.

—Desde hace tiempo están buscando dominar todo el estado de Nevada, el sur de Oregón y el norte de California, y nosotros somos el único reino que se les resiste —dijo el rey.

—¿Encontraremos problemas si nos dirigimos hacia el sur? —preguntó Claus, que hasta ese momento había estado callado.

—Los imperios siempre son peligrosos; su sistema es tiránico y está basado en la esclavitud de las ciudades sometidas a su poder. Todas esas ciudades dan un tributo a Minos. Nosotros nos hemos preparado para combatirlo con las armas de la base militar —dijo el rey.

El mundo parecía estar volviéndose loco. Los pocos supervivientes se mataban entre ellos y organizaban pequeños reinos tiránicos, gobernados por jóvenes.

Tras la cena, nos devolvieron a nuestras habitaciones. Al menos estábamos todos juntos. Katty comenzó a hablar; era la única que quería que escapáramos aquel mismo día.

—Esperemos a mañana —les propuse.

—No podemos esperar —dijo Mary.

—No conocemos bien el terreno ni cómo llegar al auto —les dije a mis amigos.

—Sí, pero no me fío de ese consejero —dijo Katty.

—Pues yo no veo nada malo en este sitio —dijo Claus.

—Será mejor que descansemos; mañana veremos las cosas más claras —les dije.

Todos nos fuimos a la cama, pero yo no podía dormir. Me asomé a la terraza, y justamente debajo estaba el consejero con uno de los oficiales.

—¿Cuándo terminarás con él? Ya no lo soporto —dijo el consejero.

—Mañana, mientras el rey visite las maniobras —contestó el capitán.

—Sabes que serás recompensado —dijo el consejero.

Los dos hombres se separaron y yo me quedé en la terraza pensativo. Al día siguiente tendría la oportunidad de cambiar las cosas en Utopía, y lo que era más importante, salvar la vida de su rey. Cuando me acosté enseguida me dormí, pero aquella noche tuve de nuevo uno de mis sueños premonitorios.

Capítulo XLVIII

LAS MANIOBRAS

NOS LEVANTAMOS MUY TEMPRANO Y nos dirigimos al comedor principal. El rey desayunaba solo; nos sentamos en su mesa y enseguida nuestra conversación fue animándose. Yo no había contado nada de lo que había escuchado la noche anterior a mis amigos, ni tampoco podía advertir al rey; cómo me iba a creer a mí, si su consejero era el hombre de su confianza y yo un simple extranjero.

—Tengo que dejarles —dijo el rey.

—Una lástima, la conversación estaba siendo muy interesante —le dije.

Katty me miró extrañada. No entendía por qué estaba intentando agradar al rey.

—Tengo que salir de maniobras. ¿Es posible que quieran verlas? —preguntó el rey.

El consejero apareció de la nada y enseguida se inclinó al lado del rey y le dijo algo al oído.

—Tonterías: esta gente no parece peligrosa. Quiero que vean nuestro poderío militar.

—Majestad, no es sabio que revelemos nuestras armas a unos desconocidos —dijo el consejero.

—Cuanto más se difunda nuestra fuerza, más dudarán nuestros enemigos en atacarnos —dijo el rey.

Katty y Mary decidieron quedarse en la ciudad. No me agradaba mucho que volviéramos a separarnos, pero no podía dejar de acompañar al rey. Su vida dependía de ello.

Las maniobras fueron en una gran explanada a las afueras de la ciudad. El ejército era numeroso, tal vez un millar de personas, pero sobre todo me impresionó el arsenal de armas pesadas y cañones. También poseían varios tanques, pero no los utilizaban mucho para ahorrar combustible.

Nosotros observábamos las maniobras desde un palco. Hacía calor a esas horas de la mañana; estábamos próximos al desierto y su caluroso viento se dejaba notar en la zona. El toldo del palco nos protegía del sol, pero no lograba amortiguar del todo la sensación de sofoco.

—Es impresionante —dijo el rey mientras miraba con unos prismáticos los movimientos de su ejército.

—Sí, Majestad —le contesté.

En ese momento, un grupo de soldados se acercó hasta el palco. Se dispusieron a saludar al rey, pero noté que justamente detrás de ellos, el capitán sacaba su arma y apuntaba a su víctima.

—¡Cuidado, Majestad! —grité mientras empujaba al rey y lo derrumbaba en el suelo.

Los escoltas del rey comenzaron a disparar a los soldados, y estuvimos varios minutos agazapados hasta que todo se normalizó.

—Me ha salvado la vida —me dijo el rey.

—Anoche escuché que pretendían asesinarle, y por eso quise venir a las maniobras —le comenté.

—¿Quién está detrás del complot? —me preguntó el rey.

El consejero comenzó a sudar e intentó escabullirse por las escaleras, pero mi amigo Claus lo detuvo justo a tiempo.

—Él es el culpable, Majestad —dije, señalando al traidor.

—Mi consejero, ¡es imposible! —dijo el rey.

—Le escuché hablar con el capitán, pero no le dije nada porque sabía que usted no me creería —le expliqué al rey.

El consejero se retorcía e intentaba zafarse de Claus, pero este le agarraba con fuerza.

—¡Miente, Majestad! Son espías de Minos que han venido aquí para engañaros —dijo el consejero.

—Llévenselo —ordenó el rey.

Cuando nos quedamos a solas con el rey, este recuperó la compostura y, volviéndose hacia mí, dijo delante de todos sus súbditos:

—Nombro a Teseo capitán de mis ejércitos.

—Pero, Majestad, ya os comenté que estoy buscando a mi hermano y a una amiga; no puedo quedarme aquí.

La noche anterior había soñado precisamente eso. El rey me nombraba su consejero y el jefe de sus ejércitos. Con su ayuda me convertía en el hombre más importante del reino, pero ¿qué valor tenía todo aquello? Me quedaba muy poco tiempo para morir. En cuanto llegara mi decimoctavo cumpleaños, el virus terminaría matándome o convirtiéndome en un gruñidor; además, nunca volvería a ver a mi hermano ni a mi amiga Susi.

—Nadie te impedirá que vayas hasta Minos, ya que puedes ir al frente de un ejército —dijo el rey.

—Pero eso causaría la guerra, y no quiero que muera gente inocente —le contesté.

—Minos nos atacará antes o después, y es mejor que nosotros demos el primer golpe —dijo el rey.

—No sé gobernar un ejército, pero os prometo que regresaré después de encontrar a mi hermano. Si no hallo un remedio para evitar mi muerte, pasaré mis últimos días en Utopía.

El joven rey me miró orgulloso. No entendía por qué rechazaba todo el poder y la gloria que él me ofrecía. A veces, lo bueno es el peor enemigo de lo excelente. Mi vida únicamente tenía valor si tenía una misión más noble que la de satisfacer mis deseos. Uno es feliz cuando es capaz de amar a los que nos rodean, cuando no traiciona a los amigos y es capaz de continuar el camino hasta llegar a la meta.

CAPÍTULO XLIX

DE VUELTA AL CAMINO

POR LA NOCHE, EL REY celebró una gran fiesta. Me nombraron caballero de honor del reino y capitán de los ejércitos. Nunca habían hecho una fiesta en mi honor. Mis amigos disfrutaron mucho, y durante horas el rey nos deleitó con un gran espectáculo. Cuando regresamos a la habitación estábamos exhaustos, pero contentos. Por fin algo salía bien, sin complicarse a última hora ni obligarnos a huir de cualquier manera.

A la mañana siguiente, después de un suculento desayuno compuesto por jugo de naranja, huevos, pan, salchichas y otras delicias, nos despedimos del rey. En agradecimiento por nuestros servicios habían llenado de provisiones nuestro vehículo, también de combustible y de todo tipo de armas y municiones.

El auto estaba a un lado del lago esperándonos. El rey y su comitiva nos acompañaron hasta allí, y toda la ciudad nos aclamaba mientras atravesábamos las pasarelas.

Cuando llegamos al auto, Claus se acercó al rey e inclinándose le dijo:

—Quiero pediros que me permitáis quedarme en vuestra ciudad.

Le miramos sorprendidos, pues en ningún momento nos había dicho que deseara separarse de nosotros. Por un lado, entendía su decisión. Claus no tenía ninguna razón por la que seguir nuestro viaje; además, la ciudad le había gustado desde el principio. El rey me miró, esperando una respuesta.

—Eres libre de hacer lo que quieras —le dije a Claus.

—Gracias, Tes.

Nos abrazamos, y a Mary se le escaparon algunas lágrimas. Siempre agarraba cariño a la gente.

—Cuídate —le dijo Claus a Katty.

—Lo mismo digo —contestó la chica.

Cuando subimos al auto, nos embargó una pesada tristeza. No esperábamos que Claus se quedara en la ciudad. Ahora éramos solo tres y nuestra misión parecía inalcanzable. Ya no quedaba mucho para llegar a Reno, pero no sabíamos cómo iban a reaccionar al vernos, ni si Mike y Susi seguirían allí.

CAPÍTULO L

SUSANVILLE

DICEN QUE EL DESTINO ES el peor enemigo de la libertad, pero yo no lo creo. Todos tenemos una senda trazada; es cierto que podemos desviarnos e incluso perdernos, pero al final llegamos a la meta. Aunque el llegar a la meta puede producirnos mucho vértigo. Después de tanto luchar, Reno significaba para mí la esperanza pero también el temor. ¿Qué sucedería si mi hermano y Susi no estuvieran allí? ¿Tendría sentido mi vida?

El primer día de viaje fue muy tranquilo, algo raro en el mundo después de la Gran Peste, pero a medida que nos acercábamos a Minos las cosas empezaron a cambiar. Vimos en el camino algunas ciudades destrozadas, como si algún ejército las hubiera invadido. También encontramos tierras cultivadas, a punto de que sus cosechas comenzaran a fructificar, pero no encontramos a nadie que fuera a recogerlas.

Cuando llegamos a Susanville, mi mente no dejaba de dar vueltas. ¿Cómo debíamos acercarnos a Reno? ¿Qué peligros correríamos allí?

Entramos en la ciudad desierta y estacionamos el auto en una estación de servicio.

—Creo que es mejor que recorra solo este último tramo —les dije a mis amigas.

—¿Solo? Ni hablar —dijo Katty.

—No hemos llegado hasta aquí para no entrar en Reno —dijo Mary.

—Puede ser peligroso, y ya han oído lo que nos contaron en Utopía —les dije.

—Nos da igual. Correremos la misma suerte. Lo importante es que nos mantengamos unidos —dijo Katty.

Me froté los ojos. Necesitaba pensar con claridad, tener un plan para entrar en la ciudad y buscar a mi amiga y a Mike.

—Entonces tenemos que tener un plan —les dije.

—¿Cuál es tu plan? —me preguntaron.

Observé a mis amigas antes de comenzar a hablar. Un plan siempre tiene dos caras, puede salir bien o mal, pero al menos uno tiene claro en la mente cómo ha de actuar.

CAPÍTULO LI

RENO

LA CIUDAD DE RENO LLEVABA mucho tiempo en decadencia antes de la Gran Peste. En ella se concentraban decenas de casinos, teniendo el cuestionable título de ser «la ciudad del juego» en Estados Unidos. Aunque ya hacía mucho tiempo que Las Vegas le había robado ese discutible honor.

La ubicación de la ciudad no podía ser más bella. A las espaldas de Reno se encuentra Sierra Nevada, y muy cerca de allí, la Gran Cuenca. Aunque en cierto sentido, la ciudad estaba en medio de la nada.

A medida que nos acercábamos a la ciudad por la carretera 395, los casinos regentados por los indios americanos y las zonas residenciales se sucedían. En muchos casos vimos a gente cerca de la carretera, pero no nos detuvimos.

Mientras nos aproximábamos, notaba cómo crecía mi ansiedad. Reno no era muy grande, pero tampoco sería fácil encontrar a mi hermano y a Susi. La única esperanza que me quedaba era que a ellos se les hubiera ocurrido dejar algunas pistas para que fuera más sencillo dar con ellos.

Katty conducía y yo estudiaba el mapa de la ciudad. No dejaba de pensar dónde se escondería Mike, sobre todo si en la ciudad había un rey despótico llamado Minos.

—¿Has encontrado algún sitio? —preguntó Mary.

—Es difícil sin haber estado nunca en la ciudad. El mapa que tomamos en la estación de servicio no es muy bueno, pero tengo un par de opciones.

—¿Qué opciones? —preguntó Katty.

—Creo que puede que se encuentre en los casinos más grandes de la ciudad. Los más grandes y nuevos están por la calle Limberry, en una zona muy cerca del aeropuerto —les dije.

—¿Tenemos que atravesar toda la ciudad para llegar hasta allí? —preguntó Katty.

—No, podemos ir por la carretera 651 y luego tomar la carretera 647; entraremos por el sur —le contesté.

Cruzar grandes ciudades desiertas, con grupos de gruñidores sueltos y los soldados de Minos acechando, hubiera sido un verdadero suicidio.

Tras varias horas de viaje, tomamos la carretera y dejamos a un lado la gran avenida de la ciudad, con sus viejos casinos. La carretera 647 daba luego paso al bulevar S. McCarran, una inmensa calle que rodeaba zonas residenciales y varios campos de golf.

Cuando el auto se adentró por S. Virginia, casi pude olfatear el peligro. Había algo realmente malvado en aquella ciudad, y no tardaríamos en comprobarlo.

CAPÍTULO LII

LA PRIMERA PISTA

LA TARDE ESTABA DEJANDO PASO a la noche y aquel no era un buen sitio para quedarnos. Las calles eran amplias, de grandes manzanas, y la ciudad estaba limpia y despejada, como si alguien se hubiera encargado de limpiarla. Aquello solo podía indicar una cosa: que los hombres de Minos tenían el control de toda la ciudad. Lo que no entendíamos era por qué simplemente no salían de sus escondrijos y nos atrapaban.

Cuando llegamos frente al gran casino Tuscany Tower At Peppermill, una de las últimas promesas de prosperidad de la ciudad justo antes de que llegara la peste, tomé el rifle y me apeé.

—¿Dónde vas? Es mejor que regresemos mañana temprano —dijo Katty.

—No es seguro entrar ahora; el sol se pondrá en menos de una hora y no conocemos la ciudad —dijo Mary.

—Únicamente quiero echar un vistazo al hotel, y después nos iremos —les expliqué.

—Iremos contigo —dijo Mary.

—No nos volveremos a separar —añadió Katty.

Las dos chicas tomaron sus armas y me siguieron. La fachada imponente del hotel-casino se presentó ante nosotros. Algunas ventanas estaban ennegrecidas por incendios ocasionales, pero en general el hotel no presentaba mal aspecto. El jardín de la entrada había crecido mucho y ahora se extendía en parte a la carretera. Vimos algunos animales salvajes paseando por las inmediaciones, seguramente de camino al lago que estaba a un par de manzanas.

Cuando entramos en el hall del hotel, nos sorprendió su buen estado. Faltaban algunas cosas, y al no haber luz eléctrica estábamos en semipenumbra, ya que la luz exterior no penetraba hasta el fondo del hotel.

—¿Ves algo que te recuerde a Mike? —preguntó Mary.

—No, no se ven objetos personales —le contesté.

Registramos la planta inferior y después comenzamos con la primera planta, en la que se encontraban los comedores. Descendimos por una escalinata hasta las salas de juego. Todo estaba preparado, pero las ruletas y las mesas de juego estaban enmudecidas.

—El gran negocio de Reno —les dije a mis amigas, señalando las mesas.

—Ya no —comentó Mary.

Llegamos hasta la zona de piscinas y restaurantes. El color del agua indicaba el largo tiempo en desuso de la piscina.

—¿Les apetece un baño? —bromeé, aunque el calor del verano comenzaba a subir preocupantemente las temperaturas.

—Será mejor que nos marchemos —dijo Mary.

—Una planta más —contesté.

Intentaba disimular mi desánimo, pero imaginé lo que supondría buscar a mi hermano y a Susi edificio por edificio. Ione era un pequeño pueblo en el que era muy fácil encontrar a gente, pero la ciudad se convertía en una verdadera selva, llena de calles, rincones escondidos y miles de lugares en los que esconderse.

Empezamos a registrar las habitaciones. Muchas estaban intactas, con sus grandes doseles y sus enormes camas aún hechas. Cuando estábamos a punto de irnos, escuché el sonido de motores en la calle.

Cuando nos asomamos, nos quedamos perplejos. Cuatro vehículos y más de veinte soldados se estacionaron en la puerta.

—Nos han visto —les dije a mis amigas.

—Tendremos que buscar otra salida, y rápido —dijo Katty.

—A lo mejor por la zona de las piscinas —indiqué, mientras me ponía en marcha.

Bajamos las escaleras corriendo, salimos al jardín y rodeamos la piscina. Escuchamos unas voces a lo lejos, seguramente alguno de los soldados nos había visto correr, pero intentamos no mirar atrás.

Apenas habíamos salido a una de las calles laterales, cuando escuchamos el silbido de las balas sobre nuestras cabezas. Aceleramos el paso, y justamente antes de salir a la avenida, nos topamos con media docena de chicos armados hasta los dientes.

CAPÍTULO LIII

SORPRESA

CUANDO UNO SE VE ACORRALADO, lo primero que piensa es en tirar las armas y rendirse, pero antes de que lo hiciéramos, aquel grupo de chicos nos hicieron un gesto para que los siguiéramos. Salimos a la calle principal, entraron por una alcantarilla y cuando todos hubimos pasado, la cerraron. Al principio nos costó acostumbrarnos a la oscuridad. Los ojos nos molestaban y veíamos chiribitas, pero al rato logramos acostumbrarnos. Uno de los chicos sacó una linterna e iluminó el camino. Encima de nuestras cabezas escuchamos las pisadas de las botas, pero eso no pareció preocupar mucho a los chicos.

Caminamos algo más de una hora, hasta llegar a un inmenso colector, después a un gigantesco depósito de agua que habían convertido en un pequeño poblado de unos trescientos habitantes.

—Bienvenidos a Villa Libertad —dijo uno de los chicos.

—¿Villa Libertad? —preguntó Katty.

—Sí, aquí sobrevivimos algunos a la tiranía de Minos. Mi nombre es Tim y soy un explorador. No salimos mucho fuera, únicamente lo necesario, porque cada vez es más peligroso.

Mientras caminábamos por el poblado, nos dimos cuenta de que estaba mejor organizado de lo que parecía a simple vista. Había pequeñas tiendas con alimentos, una plaza en la que se vendía ropa y todo tipo de artilugios, pero lo que más nos sorprendió es que hubiera luz eléctrica. Miré a las bombillas maravillado.

—La luz viene de la fuerza del viento. Tenemos un generador conectado a un molino eólico que está más allá de las fronteras de Minos, por eso la gente del rey no lo ha descubierto —dijo Tim.

—¿La ciudad se llama como el rey? —pregunté.

—No, el rey se llama como la ciudad —me contestó.

Katty tomó algo de ropa y se la probó, y Mary se interesó por unos libros.

—¿De dónde sacan todo esto? —pregunté.

—La mayoría, de la ciudad; a veces comerciamos con otros grupos de resistencia de ciudades cercanas. Aunque cada vez se hace más difícil.

—Nosotros no tuvimos problemas en entrar a la ciudad —le comenté.

—Claro, ellos dejan que todo el mundo entre en la ciudad, y después le sacan todo el jugo como una araña a una hormiga —me dijo Tim.

—Pues les debemos una —le contesté.

Tim sonrió y se le hicieron dos hoyuelos en las mejillas pálidas y pecosas. El aspecto de la gente de Villa Libertad era algo grisáceo, como si la falta de luz natural les robara brillo en la piel.

—¿Qué se les ha perdido en Reno? —preguntó Tim.

—Estamos buscando a dos personas. Mike Hastings y Susi Prior, el chico es mi hermano y la chica una amiga —le dije, enseñándole una foto.

Tim se quedó mirando un rato, después me miró sorprendido, y frunciendo el ceño me dijo:

—Los conozco, llegaron aquí hace tres semanas, más o menos. Los acogimos en la comunidad, pero Mike se pasó a los hombres de Minos.

—No puede ser —le comenté.

—Sí, lo peor es que se llevó a la chica —dijo Tim.

—¿Por qué lo peor fue llevarse a Susi? —le pregunté.

—¿No te lo han dicho? En el reino de Minos no hay mujeres; esos cabezas de chorlito creen que las mujeres propagan la enfermedad, y las matan.

CAPÍTULO LIV

EL PROBLEMA

TIM NOS ACOMODÓ EN UNA de las chozas libres. Las casas eran una mezcla de tiendas de campaña remendadas, unidas a telas, que aumentaban su capacidad. No teníamos agua corriente ni baño, pero se repartían cada mañana cinco litros de agua por casa, para el abastecimiento cotidiano. Todos tenían derecho a un cuenco de arroz, otro de harina y pasta, el resto debían conseguirlo por sus propios medios.

A las diez de la noche, Tim llegó para llevarnos a la cena en la choza del mayordomo, pues así era como llamaban los «libertos» a su jefe.

Cuando entramos en la casa del mayordomo, nos sorprendió la sencillez en la que vivía.

—Por favor, siéntense, están en su casa —dijo el mayordomo.

—Gracias —le dije, tomando asiento.

—Creo que Tim ya les ha contado todos nuestros secretos —dijo el mayordomo sonriendo.

—No hemos hablado mucho —le contesté.

—Vivimos en estado de emergencia. Los hombres de Minos pueden atacarnos en cualquier momento; además, desde que su hermano Mike se marchó, tememos que dé a nuestros enemigos las coordenadas de Villa Libertad —dijo el mayordomo.

—No creo que lo haga —le comenté.

—¿Conoces bien a tu hermano? ¿Es capaz de traicionarnos? —preguntó el mayordomo.

Escruté su rostro infantil. No debía de pasar de los quince años; tenía una barba bien formada para ser tan joven, pero su cabello rubio y sus profundos ojos azules endulzaban sus facciones. No supe qué responder a su pregunta. Mi hermano me había traicionado en Ione, poniéndose a favor de Frank, el jefe del pueblo.

—No lo sé. Hace demasiado tiempo que no le veo —contesté.

—Tu respuesta me preocupa aun más —dijo el mayordomo.

—¿Por qué se fue Susi con él? —pregunté.

—No lo sabemos, imagino que porque es lo único que le queda en esta vida —dijo Tim.

—Pero si en Minos matan a las chicas, su vida está en peligro —dijo Mary.

—Puede que sea la elegida —dijo el mayordomo.

—¿La elegida? —preguntó Katty.

—Las mujeres son introducidas en el laberinto para tranquilizar al Minotauro —contó el mayordomo.

—¿Como en la leyenda griega? —preguntó Mary.

—Se puede decir que sí, pero con una gran diferencia. En el laberinto que el rey tiene no hay un único Minotauro, hay decenas —explicó el mayordomo.

—¿Son gruñidores? —preguntó Mary.

—No sé qué son los gruñidores —contestó el mayordomo.

—Los adultos que están infectados por el virus, pero que no han muerto —le expliqué.

—Sí, gruñidores. Ya no quedan muchos, tal vez medio centenar. Minos los encerró en el laberinto y los alimenta con las chicas que llegan a la ciudad —comentó Tim.

Los tres nos quedamos boquiabiertos; aquella era una muerte terrible y cruel. No podíamos ni imaginar que Susi estuviera en ese dilema. Mike no era capaz de consentir una cosa así.

—A la mujer que sobrevive al laberinto se le concede el privilegio de conservar la vida —comentó el mayordomo.

—¿Cuántas han sobrevivido? —pregunté.

—Ninguna —fue la escueta respuesta de Tim.

Capítulo LV

EXPLORANDO

AQUELLA NOCHE APENAS PUDE DORMIR. Estaba ansioso porque se hiciera de día e ir a buscar a Susi. En cuanto llegó la hora, me puse de pie y me vestí. El resto del campamento aún descansaba, pero Tim y sus hombres ya se estaban preparando. Me acerqué hasta ellos y escuché las órdenes del explorador.

—Hoy no vamos a rescatar a nadie, simplemente queremos comprobar que la chica está dentro. ¿Entendido?

El resto de soldados afirmó con la cabeza. Miré al plano de la ciudad. El laberinto había sido construido en las proximidades del lago, en un viejo campo de golf llamado Washoe County Course. Al parecer, el laberinto estaba muy bien custodiado. El rey había instalado cámaras por todas partes, y cada vez que se introducía a alguien dentro, se transmitía la señal a varias pantallas gigantes repartidas por la ciudadela, la parte de la ciudad ocupada por Minos.

—Tenemos que tener cuidado de que no nos graben las cámaras. También con la guardia; puede que no se vean por allí, pero en cuanto nos detecten no tardarán ni cinco minutos en presentarse —dijo Tim.

—Una pregunta: ¿cómo averiguaremos si se encuentra allí? —dije, mientras señalaba el mapa con un dedo.

—Muy sencillo, entraremos por las alcantarillas. Dudo de que Susi esté dentro en este momento. En Minos meten a las víctimas cada luna llena, y aún queda un día para que entremos en esa fase —dijo Tim.

—¿Un día? Pues tenemos que darnos prisa —le comenté.

—Si Susi está dentro, seguramente esté muerta. Nuestra única oportunidad es comprobar que está viva. Entonces, cuando vayan a meterla mañana, la liberaremos. ¿Comprendido? —dijo Tim.

Mary y Katty seguían dormidas cuando salimos del poblado. Caminamos por estrechos túneles hasta que Tim indicó la alcantarilla por la que debíamos salir.

En cuanto asomé la cabeza, descubrí que aquel era un lugar singular, creado para dar un gran espectáculo, sin importar que la mercancía fuera la vida de seres humanos.

—Nos dividiremos en dos grupos. Uno irá a la zona de control, desde allí se puede ver el laberinto en gran parte, y el otro a la sala de cámaras —ordenó Tim.

Yo marché con Tim a la zona de control. Era muy de mañana y no nos cruzamos con nadie. El mayor obstáculo era esquivar los ángulos visibles de las cámaras.

—No está —aseguró Tim.

Miré al laberinto. Parecía tranquilo, un gran jardín de setos gigantes que convertían un hermoso lugar en el infierno.

—¿Cómo sabes que no está? —pregunté.

—No hay cuerpos de gruñidores ni de chicas, todo está preparado para el próximo espectáculo —dijo Tim.

Aquel lugar era espectacular, la verdadera creación de un loco, pero el mundo tras la Gran Peste se había convertido en el mejor sitio para que los locos realizaran sus sueños de grandeza.

—¿Quién lo construyó? —le pregunté a Tim.

—El primer rey. Reinó durante seis años. Él extendió su imperio y lo convirtió en un lugar terrible. Era un niño prodigio llamado Allan. En aquella época fue cuando formamos la resistencia, y ahora algunos de nosotros estamos cerca del umbral de la muerte —dijo Tim.

—¿Cuántos años tienes? —le pregunté.

—Diecisiete; en un par de meses todo habrá terminado —me contestó.

—Creía que eras más joven —le dije.

—Por desgracia no, la vida en este mundo es demasiado corta —comentó Tim.

—Tú al menos tienes dos meses, pero a mí se me está agotando el tiempo —le contesté, con un nudo en la garganta.

Susi y Mike estaban muy cerca, pero temía que se hubieran convertido en dos extraños.

CAPÍTULO LVI

COMIENZA EL JUEGO

NUNCA IMAGINÉ QUE AQUEL ESPECTÁCULO atrajera a tanta gente. El primer día del juego, cinco chicas eran introducidas en el laberinto. Las únicas armas que portaban eran unas dagas largas, una cantimplora, dos cuerdas y algo de comida. Tenían que sobrevivir tres días en el laberinto para poder ser liberadas, pero la mayoría apenas duraban un día, a lo sumo dos. Medio centenar de gruñidores hambrientos buscaban a las chicas por todas partes. La gente observaba el espectáculo desde las pantallas gigantes, pero algunos privilegiados podían acudir en directo a los juegos. A la hora del pase, se daba a las chicas más armas o se soltaba a más gruñidores para crear emoción. El espectáculo era terrible, y demostraba hasta qué punto el ser humano puede ser cruel con sus semejantes.

Nuestro plan era sencillo, pero podía complicarse en cuanto uno de los puntos fallara. Lo primero era conseguir introducirnos en el laberinto antes de que llegaran las víctimas. Al mismo tiempo, un grupo de libertos intentaría lanzar unas bombas de humo en el palco para sembrar la confusión y desviar la atención.

Aquella mañana, treinta libertos nos acompañaron para salvar a Susi. Eran chicos y chicas valientes, que arriesgaban su vida por alguien a quien apenas conocían.

El grupo de rescate lo componíamos tan solo cuatro personas: dos soldados, Tim y yo. Katty y Mary ayudarían a crear la confusión.

Mientras caminábamos por las alcantarillas, escuchábamos la algarabía de la gente que se acercaba al laberinto para ver el espectáculo en las pantallas gigantes o para participar de los juegos en el gran palco.

Cuando llegamos debajo del laberinto nos dividimos en dos grupos, uno de rescate y el otro para sembrar la confusión.

Notaba cómo el corazón se me aceleraba mientras nos acercábamos a la salida. No tenía miedo de los gruñidores, ni tampoco temía a la muerte; lo que realmente me aterrorizaba era que Susi estuviera tan cambiada que viera en ella a una extraña.

Cuando llegamos a la alcantarilla y nos quedamos esperando a que nos dieran la señal, no podía imaginar todo lo que iba a ocurrir en unos minutos.

CAPÍTULO LVII

DENTRO DEL LABERINTO

CUANDO ESCUCHAMOS LAS EXPLOSIONES, SALIMOS a la superficie de inmediato. Había algo de humo y nos costó orientarnos al principio, pero pronto comenzamos a correr en busca de Susi. Se escuchaban gritos y sonido de sirenas. No sabíamos si eso formaba parte del espectáculo o simplemente el caos reinaba ya por todas partes.

Cuando alcé la vista y miré el gran palco a lo lejos, me sorprendió ver una relativa calma. Indiqué a Tim lo que estaba pasando y este me miró sorprendido.

—He escuchado las explosiones, pero no parece que hayan atacado el palco —le dije.

En ese momento nos temimos lo peor. Si el plan no salía como estaba previsto, simplemente no conseguiríamos nada, a excepción de perder la vida.

—¿Qué hacemos? —pregunté a Tim.

—Tenemos que seguir, ya no hay nada que perder —dijo con la cara muy seria, como si se estuviera preparando para la muerte.

Cuando la muerte te esquiva, a veces piensas que eres inmortal, pero no lo eres; simplemente se trata de una falsa sensación. Yo quería vivir, pero al mismo tiempo sabía que la muerte no iba a retrasar su reloj por mí. No había mucho que perder, únicamente acelerar el proceso.

Cuando vimos al primer grupo de gruñidores, unos veinte, comprendimos que ahora el espectáculo éramos nosotros. Alguien nos había tendido una trampa.

—Disparen cuando yo les diga —ordenó Tim.

Dejamos que los gruñidores se acercaran más, y cuando los tuvimos a tiro abrimos fuego. Yo cerré los ojos. A pesar de su monstruosidad, seguían siendo humanos. Cuando volví a abrir los ojos, el número de gruñidores se había multiplicado por dos.

Capítulo LVIII

LA TRAMPA

CORRIMOS TODO LO QUE PUDIMOS. Queríamos mantenernos unidos e intentar no perder los nervios. El laberinto parecía mucho más grande cuando comenzabas a correr por sus pasillos. Tim se detuvo en una esquina y disparó a la cámara.

—No disfrutarán viéndome morir —dijo mientras volvía a correr.

Después de diez minutos de carrera, tuve la sensación de que nos habíamos desorientado y no sabíamos a dónde nos dirigíamos: justamente lo que querían nuestros enemigos.

—Tenemos que parar y encontrar una salida —les dije.

—No, hemos venido a buscar a la chica —comentó Tim.

—Puede que no las hayan soltado, que desde el principio nosotros fuéramos la atracción —le comenté.

—Es posible, pero no olvides que esta gente busca espectáculo, y que las chicas estén en el laberinto añade más morbo al asunto —dijo Tim.

—¿Dónde está la entrada del laberinto? Ellas deben de estar por allí —dije.

—Creo que es hacia el norte —dijo Tim mirando la brújula.

Nos encontramos de frente con un grupo de gruñidores. Disparamos y corrimos por uno de los pasillos laterales, después Tim sacó una cuerda y la colgó en los setos. Ascendió y miró por encima del laberinto. Se escucharon los silbidos de varias balas y bajó a toda prisa.

—Esos tipos no se andan con chiquitas. Tenemos que seguir por aquí, creo que he visto a una de las chicas —dijo Tim corriendo por uno de los pasillos.

Llegamos a un pequeño claro, una especie de placita redonda con una fuente en el centro. Nos refrescamos por unos segundos y seguimos el camino. Entonces vi a una chica corriendo, mientras cinco gruñidores le pisaban los talones.

Capítulo LIX

SUBE LA APUESTA

MIENTRAS ME ACERCABA A LA chica, su rostro comenzaba a dibujarse en mi mente. Los gruñidores estaban a un paso de atraparla, pero ella corría más y los esquivaba una y otra vez. Cuando llegaron hasta nuestra altura apuntamos, y antes de disparar grité a la chica:

—¡Al suelo!

La chica se tiró justo a tiempo; abrimos fuego, y en unos segundos el silencio lo invadió todo. No era Susi. Contemplé su bello rostro, sus ojos grises, el cabello rizado lleno de sudor y su piel morena. Me acerqué hasta ella y le ayudé a incorporarse.

—¿Conoces a Susi? —pregunté.

No hubo respuesta, ya que la chica estaba demasiado asustada para responder. Le ayudé a incorporarse. Sangraba por una de sus piernas, pero pudo seguir nuestro paso sin problemas.

Llegamos a un nuevo claro. Allí había comida. Tim disparó a las cámaras que nos rodeaban y después nos sentamos unos instantes. Estábamos agotados. Hasta ese momento habíamos logrado sobrevivir, pero no podíamos aguantar ese ritmo mucho tiempo.

—No será fácil encontrar a Susi —dijo Tim.

—Es mejor que regresemos. Todo ha salido mal, nos tendieron una trampa —le dije.

—Aun así, las demás chicas tampoco merecen morir; si al menos salvamos a una más, todo esto no habrá sido en vano —comentó Tim.

Nos pusimos en marcha de nuevo. Llegamos a una zona del laberinto pantanosa. Nuestros pies se hundían en el barro y apenas podíamos movernos. Mientras caminábamos lentamente, apareció un grupo de gruñidores delante de nosotros. Esta vez, el grupo era muy numeroso, medio centenar, y además estaban armados.

Capítulo LX

EL JUEGO EN LA SANGRE

MIENTRAS ME HUNDÍA EN EL barro y observaba a los gruñidores armados con cuchillos y hachas, me preguntaba por qué la gente que nos observaba a través de las cámaras disfrutaba con aquel espectáculo. Sin duda, los habitantes de Reno tenían las apuestas en la sangre, en su código genético, pero aquello era mucho más que juego. No se trataba de una ruleta dando vueltas, se trataba de la vida de personas inocentes. Imaginé que el odio y la frustración se manejan mucho mejor cuando podemos lanzarlos contra otros. No importa lo mezquino que parezca, el ser humano es capaz de desmenuzar al que está a su lado por el simple placer de hacerlo.

La maldad tiene muchas caras, pero siempre se manifiesta de la misma forma: a través del egoísmo. Nadie iba a acudir a defendernos, nadie iba a detener la cacería, pero al menos, al salvar a algunas de aquellas chicas lanzadas al laberinto, nos redimíamos todos en cierta manera.

Miré el rostro desfigurado de los gruñidores; sus ojos parecían ausentes, pero en sus encefalogramas planos tenían una misión que cumplir: destruirnos.

Cuando salimos del lodo, los gruñidores estaban encima de nosotros. No podíamos dispararles, había que luchar cuerpo a cuerpo. La chica se quedó detrás y nosotros comenzamos a enfrentarnos a los gruñidores, pero eran demasiados.

Uno de los chicos cayó y cinco gruñidores se lanzaron sobre él.

—Tenemos que subir por el seto —dijo Tim.

—Lanza la cuerda —le dije.

Tim lanzó la cuerda, la aseguró y logró ascender con rapidez, y le siguió su compañero. Intenté ayudar a la chica a subir, pero no lograba hacerlo. Desde el seto, Tim y el soldado disparaban a los gruñidores. Me tenían rodeado. Pensé que nadie me podría librar de aquello, pero estaba equivocado.

Capítulo LXI

EL JUEGO EN LA SANGRE II

SUBIDOS EN ARBUSTOS, CONTEMPLAMOS ALGO desolador. Había gruñidores por todas partes, y parecía imposible escapar. Entonces me giré y vi a Susi cerca. Intenté hacerle señas con la mano, pero desde las torretas de vigilancia comenzaron a dispararnos de nuevo. Nos agachamos e intentamos responder al fuego, mientras los gruñidores intentaban escalar los setos.

—He visto a Susi, creo que era ella —dije, señalando para un lado.

—Ahora mismo tenemos problemas mucho más urgentes —comentó Tim.

—¿Cómo vamos a salir de esta? —preguntó la chica que habíamos salvado.

—Buena pregunta. Tendremos que saltar sobre ellos y luego salir corriendo por allí; si no nos matan los vigilantes con sus escopetas, lo harán los gruñidores —dijo Tim.

Acto seguido saltamos al otro lado del seto; al menos allí los gruñidores eran apenas media docena. Disparamos a nuestros perseguidores y abatimos a dos o tres, suficientes para echar a correr.

Mientras escapábamos por uno de los pasadizos, intentaba imaginar cómo llegar hasta Susi. Era muy difícil orientarse dentro de esas paredes vegetales.

Tim tomó el camino de la derecha y yo me detuve unos instantes.

—Creo que es por aquí —comenté.

—Si vamos por ese lado, nos daremos de frente con el grupo más grande —comentó Tim.

—He visto a Susi y está por ese lado. Creo que ya han hecho suficiente por mí; sálvense ustedes, yo voy a buscarla.

Corrí por el pasillo y Tim se quedó mirándome por unos segundos, después cambió de rumbo y me siguió. Corrimos con todas nuestras fuerzas; estábamos agotados y sedientos. No sabíamos las horas que llevábamos en el laberinto, pero el calor apretaba y apenas nos quedaban fuerzas. Entonces mis ojos se cruzaron con los de Susi: su cabello rizado flotaba mientras corría hacia nosotros. Al fin la había encontrado.

CAPÍTULO LXII

ENCUENTRO

NO IMPORTA LO QUE UNO ha vivido; al estar de nuevo cara a cara, supe que el esfuerzo había valido la pena. Había recorrido tres estados, cientos de kilómetros, me había enfrentado a todo tipo de peligros, pero al verla lo olvidé todo. Recordé lo que era contemplar su sonrisa, escuchar su dulce voz, respirar su mismo aire. Me hubiera gustado abrazarla, pero apenas pude tomarla del brazo para que se agachara justo a tiempo. Una treintena de gruñidores la seguían. Tim y el soldado comenzaron a disparar; abatieron a muchos, pero eso no parecía detenerlos.

—Hay que salir de aquí. Creo que por allí está la salida —dijo Tim. Después lanzó una granada de mano y despejó el camino.

Corrimos hasta uno de los setos, donde la bomba había abierto un agujero. Nos metimos por él y seguimos avanzando. Cuando estuvimos cerca del último seto, Tim nos indicó que debíamos saltar. Al otro lado había un campo abierto, después una alambrada electrificada, pero todo aquello era mejor que caer en las garras de los gruñidores.

Saltamos el seto y corrimos bajo las balas de los guardianes, y logramos aproximarnos a la alambrada. Tim lanzó otra granada e hizo que estallara. Salimos por la brecha. Fuera había cientos de personas, que dejaron de mirar por unos instantes las pantallas gigantes y nos vieron en vivo. Estaban paralizados de temor y sorpresa, hasta que vieron que los gruñidores nos seguían y comenzaron a correr ellos también.

La confusión jugó a nuestro favor. Tim se acercó a una alcantarilla y la abrió. Bajo tierra los libertos eran los amos. Nadie podía encontrarlos y se movían con rapidez. Arriba se escuchaban explosiones, gritos y carreras, pero por los túneles todo estaba calmado. Susi corría a mi lado. Su cuerpo atlético parecía en forma. Nos miramos unos instantes, y apenas vimos la silueta de nuestro rostro en la penumbra de los túneles, pero sabíamos que el otro estaba allí, junto a nosotros, y eso era suficiente.

CAPÍTULO LXIII

CONSECUENCIAS DESAFORTUNADAS

RECORRIMOS FELICES LOS TÚNELES. ESTÁBAMOS agotados, hambrientos y acalorados, pero al menos habíamos sobrevivido. Tim dirigía el grupo, y su cabello rubio brillaba con los destellos de las linternas. Entonces bajamos la intensidad de la marcha. No podían seguirnos; debían de estar muy ocupados intentando cazar gruñidores.

Cuando llegamos a Villa Libertad, se nos cayó el alma a los pies. Las chozas estaban destrozadas, la comida y todo tipo de cosas por los suelos. No había ni rastro de la gente.

—Dios mío, ¿qué ha sucedido aquí? —preguntó Tim, sin poder creer lo que veía.

—Alguien nos ha traicionado —dijo el otro soldado.

—Ha sido tu hermano, Mike —dijo Tim dirigiéndose directamente a mí.

—No, es imposible —le contesté.

Susi me miró, y muy seria me dijo:

—Mike ha cambiado mucho, no se opuso a que me llevaran al laberinto. Únicamente piensa en él mismo.

No podía creerme lo que me contaban. Mike y yo habíamos sido criados por los mismos padres; es cierto que ellos murieron cuando él era muy pequeño, pero yo había intentado inculcarle los mismos principios que me habían enseñado a mí.

—Debe de tratarse de un error —les dije.

—Ellos sabían lo que planeábamos, nos estaban esperando —dijo Tim.

—Eso demuestra que no pudo ser Mike. Él no sabía lo que íbamos a hacer. El traidor es uno de los de ustedes —le dije a Tim.

—Eso es imposible —contestó.

—Alguien aprovechó que la mayoría de sus mejores soldados estarían intentando salvar a Susi para atacar su campamento. Creyeron que a nosotros nos cazarían fácilmente en el laberinto. Seguramente han capturado al otro grupo también.

Tim se sentó en el suelo; se le veía hundido, sin fuerzas. ¿Qué podíamos hacer nosotros contra todo el ejército de Minos?

—Hemos perdido, será mejor que nos marchemos de Reno antes de que nos den caza —dijo Tim.

—No —contestó Susi—. Hay una manera de vencerlos. Pude ver su fortaleza, y todo su régimen se basa en la opresión; si tomamos prisionero a Minos, todo se desmoronará.

PARTE III:
LA GRAN LUCHA

CAPÍTULO LXIV

CONSECUENCIAS DESAFORTUNADAS II

AQUEL PRIMER DÍA CON SUSI no pudo ser más desafortunado. No teníamos donde descansar, Villa Libertad estaba destruida, los libertos habían sido hechos prisioneros, Mike parecía unirse una vez más a mis enemigos, y yo me sentía culpable. Aquella noche tuve un dormir inquieto. Me sentía incómodo sobre aquella losa de piedra, tapado únicamente por una ligera manta y con la cabeza dándome mil vueltas.

Me desperté muy pronto y me senté en un montículo, para observar la ciudad. Llevaba la manta sobre los hombros y una sensación incómoda. Pensaba que todo iba a terminar muy mal, o lo que es peor, podía pasar que consiguiéramos nuestro objetivo, pero ¿cuánta gente más tenía que morir por mi culpa?

Susi se acercó silenciosamente y se sentó junto a mí. Enseguida percibí su olor, el sonido de su voz y todas aquellas cosas que me habían fascinado de ella.

—No te tortures, tú no tienes la culpa —me dijo.

—Gracias, Susi, en eso no has cambiado, siempre animando a todo el mundo —le contesté.

—Si alguien tiene la culpa soy yo, has hecho todo esto por salvarme —comentó.

—No podía hacer menos —le dije.

—Gracias por recorrer varios estados para encontrarnos. Cuando dejé Ione, pensé que ya no te volvería a ver —dijo Susi. Su rostro reflejaba el cansancio y el temor.

—No te iba a resultar tan fácil deshacerte de mí —bromeé.

Nos quedamos unos segundos en silencio. El simple hecho de estar juntos era suficiente, no necesitábamos hablar para entendernos.

—El viaje hasta aquí no fue fácil. Del grupo que salimos únicamente quedamos Mike y yo —dijo Susi.

—Nosotros también hemos perdido a algunos —le comenté.

Susi contuvo la respiración. Hasta ese momento no habíamos hablado de nuestros amigos.

—¿Mary está bien? —preguntó.

—Hasta ayer sí, ahora es prisionera de Minos y, por lo que tengo entendido, en esta ciudad no se trata muy bien a las mujeres —le dije a mi amiga.

—Todavía estamos a tiempo —contestó Susi.

—El que nos dejó fue Patas Largas. Me habría gustado que hubieras visto lo valiente que fue, pero cerca de aquí, en la frontera del estado de Oregón, un gruñidor le atrapó —le conté.

—A veces tenemos que dejar marchar a gente que queremos.

Noté cómo mis mejillas se llenaban de lágrimas. No había llorado en años, únicamente tras la muerte de mi amigo, pero ya no podía soportar más la angustia. No había tenido tiempo ni de detenerme a sufrir, pues todo había sido demasiado rápido.

Susi me pasó el brazo por la espalda y nuestras caras se juntaron. Hacía mucho tiempo que nadie me abrazaba. La ternura y el amor no eran una prioridad en el mundo después de la Gran Peste.

—Todo va a salir bien —dijo Susi.

Sus palabras me tranquilizaron, no porque creyera que las cosas no iban a ser difíciles, simplemente quise creer que a veces las cosas salen bien y todo funciona, aunque el destino siempre necesite un poco de nuestra ayuda.

Capítulo LXV

INSPECCIONANDO

LA FORTALEZA DE MINOS SE encontraba en el Centro de eventos Lawlor. Todos los edificios de la zona, incluido el estadio Mackay, formaban parte del reino particular de Minos. Lo bueno era que la dispersión de los edificios hacía más fácil un ataque. Éramos tan solo cinco para enfrentarnos a un gran ejército de casi mil chicos. Susi sabía que el rey se encontraba en El Planetario y Centro de Ciencia Fleischmann y los prisioneros en el Centro de eventos. Para poder liberar a nuestros amigos y crear el caos, debíamos atacar ambos sitios a la vez.

La mejor hora para atacar era justamente antes del cambio de la guardia, justo a las 2:00 de la madrugada. A esa hora los vigilantes estaban agotados. Les quedaba una hora para ser relevados, pero se sentían demasiado cansados para reaccionar rápidamente.

En el grupo de liberación de los prisioneros estaba Tim y la chica que habíamos salvado, y en el que debía capturar a Minos nos encontrábamos Susi, el soldado que había sobrevivido al laberinto y yo.

Nos vestimos de negro, con unos pasamontañas, y tomamos varias bombas de humo; cuanta más confusión creáramos, sería más sencillo conseguir nuestro objetivo.

La noche era muy oscura, no había luna y estaba nublado. El recinto en el que se encontraba la fortaleza de Minos estaba mal iluminado, pues los generadores y la energía eólica no eran suficientes para conseguir que todos los focos funcionaran. Debíamos aprovechar las zonas de penumbra para introducirnos en el recinto. El primer objetivo de Tim, antes de liberar a los prisioneros, era inutilizar los generadores y producir un apagón.

Saltar la valla fue muy sencillo. El perímetro era muy amplio y había muchos puntos sin vigilancia. Una vez dentro, nos dividimos en dos grupos. Nosotros nos dirigimos hacia la residencia de Minos. Nos acercamos al Planetario Fleischmann. Había dos chicos de guardia, pero uno de ellos estaba sentado en el suelo durmiendo y el otro parecía despistado.

Me acerqué por detrás de él y le golpeé en la cabeza. Susi hizo otro tanto con el que estaba durmiendo. Entramos en el recinto; no sabíamos cuántos guardas había en el edificio, aunque imaginamos que en la puerta de la habitación de Minos habría al menos un guarda.

Caminamos por el pasillo y nos acercamos a las puertas laterales, que en otro tiempo habían sido las oficinas del edificio. En la más grande, Minos había puesto su habitación.

Observamos el pasillo y vimos al guarda. Una luz justo sobre la puerta de la habitación le delataba, aunque a una corta distancia el pasillo estaba a oscuras.

Precisamente en el momento en que nos disponíamos a reducir al guarda, se fue la luz. Corrimos hasta el guarda y logramos neutralizarle sin que lograra dar la alarma.

—Vamos a entrar —le dije a Susi.

—Puede que haya más guardas dentro —comentó el soldado.

—Tenemos que arriesgarnos —le contesté.

—Hay que hacerlo todo muy rápido, para que no les dé tiempo a reaccionar y dar la voz de alarma —dijo Susi.

—Cuando diga tres entramos —dije.

Toqué el pomo de la puerta y comencé a girarlo con mucho cuidado. Estábamos a un paso de conseguirlo; parecía que nada podría impedirlo, pero cuando abrimos la puerta nos encontramos con una sorpresa.

Capítulo LXVI

UN ENCUENTRO INESPERADO

NUNCA PENSÉ QUE NOS VERÍAMOS así, en medio de la oscuridad, a punto de entrar en la habitación para secuestrarle y que mi hermano Mike fuera su guardaespaldas. El mundo después de la Gran Peste era un lugar duro, donde era muy difícil sobrevivir, pero uno debía mantener algunos principios, aunque fuera únicamente para poder mirarse en el espejo cada mañana.

Mike me miró con sus profundos ojos negros; su piel lechosa brillaba en mitad de la oscuridad y su cabello pelirrojo estaba enmarañado, como si se acabara de levantar. Me apuntó con una pistola y no disparó porque en el último instante escuchó cómo pronunciaba su nombre.

—¡Mike!

Susi le miró perpleja. Hacía un par de días había sido capaz de venderla para salvar el pescuezo, pero ver a su amigo protegiendo a aquel tirano era más de lo que podía soportar. Se abalanzó sobre él y comenzó a golpearle.

—¡Eres un maldito traidor! —gritó Susi.

Mike no se defendió, como si todavía no hubiera asimilado toda la información.

El joven rey Minos se levantó de la cama y tomó un rifle. El soldado liberto reaccionó rápidamente y logró reducirlo antes de que disparara.

—Tenemos que irnos —le dije a Susi.

—Teseo, lo siento mucho. Lo hice para poder sobrevivir —dijo Mike desde el suelo.

—Vámonos, ya hablaremos —le contesté.

Se escuchó la alarma por toda la ciudad. Cuando salimos al exterior, los prisioneros corrían de un lado para el otro, enfrentándose a los guardas. Pegué un tiro al aire y grité con todas mis fuerzas:

—¡Deténganse o tendré que matar a su rey!

Poco a poco el murmullo cesó y todos me miraron. En unos segundos sabríamos si nuestro plan había dado resultado.

CAPÍTULO LXVII

EL ATAQUE

EL TIEMPO SE DETUVO. FUERON un par de minutos muy largos, y después se escuchó un estruendo. Eran vehículos y voces de personas que se acercaban. La gente que tenía alrededor nos miró sorprendida.

—¡Da de nuevo la luz, rápido! —grité a Tim.

Mientras se iluminaba de nuevo todo el recinto, nos acercamos a la valla. La luz hizo que viéramos qué era lo que producía aquel estruendo. El ejército de Utopía marchaba hacia la ciudad.

—Utopo está atacando Minos —dije en voz alta.

—¿Quién es Utopo? —preguntó Susi.

—Es una larga historia. Son los enemigos de Minos, y parece que el rey al final ha decidido atacarles —comenté a mi amiga.

A medida que el ejército se aproximaba, notaba que algo no encajaba en aquel ataque desorganizado y masivo. Entonces comenzamos a ver algo que les seguía de cerca. Era otro ejército, algo más maltrecho.

Tim miró con unos prismáticos y después exclamó:

—No puede ser.

—¿Qué has visto? —le pregunté mientras le quitaba los prismáticos.

Cuando contemplé aquel espectáculo, el cabello de la nuca se me erizó de repente. Eran miles de gruñidores que de una manera organizada atacaban a los pobres chicos de Utopía que corrían aterrorizados.

—¡No disparen, están huyendo de los gruñidores!

Los chicos libertos y los soldados de Minos estaban paralizados. Entonces pedí al rey de Minos y al jefe del clan de los libertos que pidieran a sus capitanes que organizaran la defensa.

Los soldados se extendieron a lo largo de la alambrada. Un grupo de hombres abrió la puerta, y cientos de soldados de Utopía entraron. Estaban exhaustos; algunos se dejaban caer en el suelo sin fuerzas.

—¡Todos a la valla! —decían sus oficiales, pero muchos no tenían fuerzas para obedecer.

Me acerqué hasta la puerta. Allí estaban Mary y Katty; cuando Susi vio a su amiga, se abrazó a ella.

—Mary —dijo Susi sonriendo.

—¡Estás viva! Cuánto me alegro de verte.

Mike estaba a mi lado, cabizbajo, con la mirada perdida. Mary se le acercó y le dio un beso.

—También me alegro de verte a ti —dijo Mary.

Los últimos hombres de Utopía entraron y los primeros gruñidores llegaron a la puerta. Ordené que las cerraran cuanto antes y comenzaran a disparar.

Los gruñidores no parecían atender a nuestras balas. Seguían llegando y desmoronándose delante de la puerta, hasta que formaron un montón informe de ropas y cuerpos.

—No logramos detenerlos —dijo Tim.

—Necesitamos lanzarles fuego —comenté mientras miraba algo con lo que producir las llamas.

—Mira, un camión cisterna —dijo Tim.

Nos acercamos a él, tiramos de la manguera hasta la valla y abrimos la llave. El combustible comenzó a salpicar a los gruñidores mientras seguían su camino hacia la valla; la presión estaba a punto de reventarla. Cortamos el combustible y entonces apunté con mi pistola. El disparo produjo un chispazo en el suelo y el fuego se extendió con rapidez.

CAPÍTULO LXVIII

UN PLAN CONJUNTO

AQUELLA NOCHE FUE TRANQUILA. DESPUÉS del fuego, ningún gruñidor se acercó. A primera hora de la mañana se reunieron los reyes de Minos y Utopía con el jefe de los libertos. Las viejas enemistades habían desaparecido, pues un enemigo común más fuerte podía destruirlos a todos.

—¿Qué ha sucedido? —pregunté a Utopo.

—Hace dos días llegó un gran ejército de gruñidores. No podíamos creerlo, ya que en nuestro territorio apenas había seres de esa calaña. Cerramos las pasarelas, pero ellos se las ingeniaron para llevar barcas y atacarnos. Al segundo día de asedio decidimos hacer una salida de emergencia. No fue sencillo, porque los gruñidores vigilaban todos nuestros movimientos, pero al final lo conseguimos —narró el rey de Utopo.

—¿Cómo puede ser que estén tan organizados? —preguntó Minos.

—Nosotros vimos algo parecido en el estado de Oregón. Su líder es un ser muy inteligente y diabólico —les dije.

—No son humanos, no creo que hayan organizado un ataque conjunto. Son como animales guiados por algún tipo de instinto —dijo Minos.

Mary se puso muy seria, y acercándose a la mesa dijo:

—Yo estuve prisionera de ese gruñidor, y les aseguro que era muy inteligente y que sabía lo que hacía.

Todos la miraron sorprendidos. Los gruñidores eran infrahumanos, gente adulta infectada que se comportaba como si no tuviera nada en el cerebro.

—Lo importante es que tengamos un plan para luchar contra ellos —dijo Utopo.

—En nuestro reino tenemos algunas armas pesadas, pero la mayoría de nuestro ejército únicamente tienen rifles y pistolas —dijo Minos.

—Nosotros tuvimos que abandonar todo nuestro material —dijo Utopo.

—No tienen miedo a las balas. El fuego es nuestro mejor aliado. Tenemos que crear un cerco de fuego. Si logramos que un grupo les rodee y encienda un fuego en forma de círculo, puede que terminemos con ellos —les dije.

Los tres chicos levantaron la vista. No les gustaba que alguien les estuviera diciendo lo que tenían que hacer, pero aceptaron el consejo.

—¿Quién realizará la misión? —preguntó Minos.

—Es mejor que lo hagan mis hombres. Ellos saben moverse por las cloacas y les rodearán sin que se den cuenta —dijo el jefe de los libertos.

—Yo quiero unirme a ellos —dije.

—Nosotros también —comentaron Mary, Katty, Susi y Mike.

Por fin estábamos todos juntos. Ahora ya nada podría separarnos.

—Pues no tenemos tiempo que perder —dijo Tim.

Reclutamos a los libertos necesarios y nos equipamos con todo tipo de armas. Llevábamos garrafas de combustible, bombas incendiarias, granadas y otros tipos de explosivos.

Cuando nos introdujimos en las alcantarillas, éramos como bombas humanas. Un simple fallo nos hubiera hecho saltar por los aires.

CAPÍTULO LXIX

ANTES DEL FUEGO

MIENTRAS CAMINÁBAMOS POR LAS ALCANTARILLAS, a pesar de lo que había sucedido en las últimas horas me sentía contento porque estuviéramos reunidos todos de nuevo. La situación era crítica, pero sabía que juntos podíamos superarla.

Cuando nos acercamos al ejército de gruñidores, un pestilente olor llegó hasta nosotros. Intentamos aguantar las náuseas y seguimos hasta llegar detrás de las filas de los gruñidores.

—Tenemos que dividirnos en dos grupos para poder rodearlos completamente con el fuego —dijo Tim.

La idea no me hacía gracia, pero era la única manera de rodearlos con las llamas.

—De acuerdo, yo me llevaré a Mike, Susi y Katty —le dije.

Mary me miró decepcionada; al fin y al cabo, llevábamos semanas juntos y ahora teníamos que separarnos una vez más.

Nos separamos del grupo principal. Antes de ascender a la superficie, uno de los libertos inspeccionó el terreno. Cuando salimos, pudimos ver la retaguardia de los gruñidores. Estábamos cerca de ellos, pero ocultos detrás de unos autos.

La acción tenía que ser coordinada para que funcionase, y por eso comenzamos a extender el combustible. Esperamos escondidos hasta recibir la señal. Pasó más de una hora antes de que viéramos algún movimiento.

—Se están retrasando mucho —comentó Mike.

—Sí, puede que estén esperando a que ellos intenten atacar —comenté.

—Pero cuanto más esperemos, más fácil es que el plan fracase —dijo Susi.

Katty la miró de reojo. Yo había notado que no le caía bien y que desde el primer momento las dos competían por estar a mi lado.

Los gruñidores se pusieron en marcha. Sin duda, estaban a punto de atacar, pero no recibíamos la señal. Entonces vimos cómo algunos se daban la vuelta y se dirigían hacia nosotros.

CAPÍTULO LXX

FUEGO

LOS GRUÑIDORES SE APROXIMABAN, Y aunque no sabíamos si nos habían visto, teníamos que hacer algo, y pronto. Miré hacia el este; allí estaban Tim y sus hombres, pero no nos hacían ninguna señal.

—Tenemos que encender el fuego —me dijo Susi.

—Todavía no —contesté.

Observamos cómo el ejército se ponía en marcha. En unos minutos asaltarían la valla, y los humanos que había dentro no sobrevivirían mucho tiempo.

—Haz que todos esos gruñidores exploten —dijo Mike.

—No, tenemos que esperar.

Entre los gruñidores que se dirigían hacia nosotros estaba un viejo conocido. Su jefe miró por encima del auto en el que estábamos ocultos. Tenía la sensación de que podía percibirnos aunque no nos viera.

—Maldito chico. Sé que estás aquí, puedo sentir tu pestilente valor, bondad y virtud. No hay nada que aborrezca más. No tienen ninguna oportunidad de vencer; somos muchos y dentro de poco seremos millones —dijo el jefe de los gruñidores.

Nos quedamos en silencio, temerosos y angustiados. Si los gruñidores nos encontraban, sería muy difícil defenderse en campo abierto. Mike apuntó al jefe de los gruñidores, pero como si le percibiera, se colocó detrás de algunos de sus hombres. Después ordenó algo y media docena se dirigió directamente hacia nosotros.

Tim dio la orden y encendimos el combustible. Se escucharon varias explosiones por todo el perímetro y un inmenso aro de fuego rodeó al ejército de los gruñidores.

—Espero que les aproveche —dijo Katty.

Los gruñidores que estaban a punto de descubrir nuestro escondite comenzaron a arder, pero su jefe se quedó impasible. Después comenzó a dar órdenes, y unos gruñidores abrieron varias mangueras y comenzaron a apagar el fuego. El plan no había funcionado, y ahora estábamos a merced de un asesino peligroso.

CAPÍTULO LXXI

DESTRUCCIÓN

CUANDO EL FUEGO ESTUVO EXTINGUIDO, los gruñidores continuaron su ataque hacia Minos. Nosotros miramos impotentes cómo las vallas eran reventadas y aquellos seres infrahumanos entraban en la ciudad.

—¿Qué hacemos? —preguntó Susi.

—No podemos llegar hasta la ciudad; además, nuestra ayuda no cambiaría gran cosa —les dije a mis amigos.

—Pero, no podemos dejar morir a toda esa gente —dijo Katty.

—No nos queda otra alternativa. Los gruñidores ganarán esta batalla y seguirán conquistando la tierra, pero si nosotros sobrevivimos y advertimos al resto del mundo, puede que logremos detenerlos —les expliqué.

Observamos cómo un grupo de gruñidores atacaba a Tim y sus hombres. Los libertos se defendían con uñas y dientes, pero cada vez les atacaban más enemigos.

—Tenemos que ayudarles —dije, mientras me introducía en la alcantarilla.

Corrimos por debajo del suelo de Reno; cada segundo era crucial y no podíamos retrasarnos. Encontré el túnel con facilidad, y un par de minutos más tarde estábamos saliendo justamente detrás de nuestros amigos.

Los gruñidores les tenían rodeados y un par de libertos estaban tendidos en el suelo.

—No se saldrán con la suya —les dije a los gruñidores, mientras comenzaba a disparar.

Logramos romper el cerco sobre los soldados de Tim y hacer un único grupo. A lo lejos, el jefe de los gruñidores nos observaba. Ordenó a más hombres que fueran a capturarnos; parecía que le importaba mucho deshacerse de nosotros.

—Son demasiados —dijo Tim.

—Será mejor que escapemos por las cloacas —dijo Mary.

—Sí, pero están demasiado encima. Yo me quedaré resistiendo mientras ustedes se meten dentro —dije a mis amigos.

—Ni hablar, nos vamos todos juntos —comentó Susi.

Disparamos con nuestras armas y lanzamos algunas bombas incendiarias, pero cada vez había más gruñidores. Si lograban cercarnos, no podríamos escapar.

Capítulo LXXII

LA DESTRUCCIÓN DE MINOS

LOS GRUÑIDORES COMENZARON A INVADIR todos los edificios. La gente corría en desorden; los gruñidores habían conseguido su propósito. El jefe de los gruñidores dejó de organizar el ataque, y con un grupo de hombres se aproximó a nosotros. Su fuerza podía sentirse, como si arrastrara un viento de malicia tras de él.

—Tenemos que escapar —dijo Susi.

Los gruñidores comenzaban a cerrar el cerco; ya eran más de un centenar, y el grupo seguía creciendo.

—Vamos a detenerlos como sea —dijo Tim. Después sacó varias granadas y comenzó a arrojarlas.

Le señalé al jefe, pero cuando intentó lanzarla contra él, notó algo como un fuerte manotazo en la mano y la bomba cayó a pocos pasos de nosotros.

—¡Cuidado! —grité, mientras me arrojaba al suelo.

Todos nos apartamos de la granada. La fuerte explosión nos reventó los tímpanos y sentimos el fuego de la onda expansiva. Cuando quisimos levantarnos, los gruñidores estaban encima de nosotros.

Capturaron a Susi, Katty, Mary y otros libertos. Tim, Mike y yo aún teníamos las armas en la mano. Nos pusimos espalda con espalda, dispuestos a resistir hasta el final.

—No sigan luchando —dijo el jefe de los gruñidores, apuntando con una pistola a Susi mientras se cubría detrás de ella.

—No le hagas nada —le dije.

—No sufrirá ningún daño si dejan las armas —dijo el jefe de los gruñidores.

Tiramos nuestros rifles y levantamos las manos. Varios gruñidores se lanzaron sobre nosotros y nos ataron con alambres. Pensé que habíamos llegado a nuestro final. Ahora que habíamos logrado reunirnos, el destino había decidido que muriéramos juntos.

CAPÍTULO LXXIII

UN NUEVO ORDEN MUNDIAL

EN CONTRA DE LO QUE imaginaba, los gruñidores no mataron a todos los chicos. A los que se rendían les mantenían con vida, aunque aquella magnanimidad me preocupaba. Nos llevaron al estadio y nos encerraron allí. Debíamos de ser más de un millar de chicos y chicas. Gente de Utopía, Minos y de Villa Libertad se mezclaba con prisioneros de otras guerras que desconocíamos.

Nos sentamos en uno de los graderíos. Hacía mucho calor y la sombra era el único lugar en el que se podía estar. Ninguno de nosotros hablaba, pues nos sentíamos desanimados y sin fuerzas. Por la tarde, los gruñidores comenzaron a repartir agua y comida.

Tuvimos que esperar en una larga fila para poder llevarnos algo a la boca. Mientras nos dirigíamos de nuevo a los graderíos, Tim comenzó a hablar.

—¿No les parece sospechoso que nos traten tan bien? Los gruñidores de nuestra ciudad son como bestias salvajes, pero estos parecen más inteligentes y civilizados.

—Están cambiando —contesté.

—Pues sea lo que sea lo que están haciendo, me da escalofríos. Puede que por fuera parezcan más humanos, pero por dentro no dejan de ser demonios —dijo Susi.

—El peor de todos es su jefe —dijo Mary.

—Sí, cuando nos tuvo prisioneras vimos que poseía poderes sobrenaturales —comentó Katty.

—¿Poderes sobrenaturales? —preguntó Mike.

—Sí. Daba la impresión de poder leer la mente y meterte ideas dentro. También le vimos desplazar cosas y atacar a las personas sin acercarse a ellas —dijo Mary.

—¿Aún conservas el Nuevo Testamento? —pregunté a Mary.

—Sí, fue el que me dio Patas Largas —dijo mi amiga.

—¿Puedes pasármelo? —le pregunté.

Me pasó un librito negro y fino. Cuando lo abrí, me vinieron a la mente todos aquellos años felices de mi infancia. Extrañaba a mis padres. Miré a Mike, y por unos segundos me olvidé de su comportamiento e intenté disfrutar del hecho de estar de nuevo juntos.

Busqué en la Biblia y leí en el libro de Apocalipsis:

La bestia que has visto, era, y no es; y está para subir del abismo e ir a perdición; y los moradores de la tierra, aquellos cuyos nombres no están escritos desde la fundación del mundo en el libro de la vida, se asombrarán viendo la bestia que era y no es, y será. Esto, para la mente que tenga sabiduría: Las siete cabezas son siete montes, sobre los cuales se sienta la mujer, y son siete reyes. Cinco de ellos han caído; uno es, y el otro aún no ha venido; y cuando venga, es necesario que dure breve tiempo.

La bestia que era, y no es, es también el octavo; y es de entre los siete, y va a la perdición. Y los diez cuernos que has visto, son diez reyes, que aún no han recibido reino; pero por una hora recibirán autoridad como reyes juntamente con la bestia. Estos tienen un mismo propósito, y entregarán su poder y su autoridad a la bestia. Pelearán contra el Cordero, y el Cordero los vencerá, porque él es Señor de señores y Rey de reyes; y los que están con él son llamados y elegidos y fieles. Me dijo también: Las aguas que has visto donde la ramera se sienta, son pueblos, muchedumbres, naciones y lenguas. Y los diez cuernos que viste en la bestia, éstos aborrecerán a la ramera, y la dejarán desolada y desnuda; y devorarán sus carnes, y la quemarán con fuego; porque Dios ha puesto en sus corazones el ejecutar lo que él quiso: ponerse de acuerdo, y dar su reino a la bestia, hasta que se cumplan las palabras de Dios.*

—No entiendo nada —dijo Tim.

—El lenguaje es simbólico, pero habla del fin de los tiempos y de la manifestación de una bestia que gobierna el mundo —le dije.

—Está claro que esos gruñidores son como bestias —dijo Susi.

—El pastor Jack Speck nos contó que los gruñidores eran aquellos que por su maldad no habían muerto, y por eso se habían convertido en seres despreciables, como si su maldad los hubiera dominado por completo —dijo Mary.

—Pero, ¿cuál es su plan ahora? —preguntó Katty.

---

* Apocalipsis 17.8–17.

—No lo sé, pero imagino que no es nada bueno. Quieren gobernar el mundo, como hemos leído, someter a todos los reinos; pero si lo consiguen, ya nadie podrá destruir el mal en la tierra. Habrán ganado la partida —les dije.

—¿Qué podemos hacer? Estamos en sus manos —dijo Tim.

—Averiguar cuál es su punto débil; cuesta mucho matarlos. Necesitamos saber cómo han conseguido convertirse en personas casi normales —les dije.

Nos miramos unos a otros. Aquel asunto nos ponía muy nerviosos. Yo sentía angustia y temor, como si el mal al que nos enfrentáramos fuera tan fuerte, que la simple idea de luchar contra él me aterrara.

—Creo que el mal, por alguna razón, tiene miedo de nosotros —les dije.

—¿Miedo de nosotros? —preguntó Tim.

—Teme que desbaratemos sus planes. Si conseguimos mantener la verdad, la confraternidad y el valor hasta el final, el mal no podrá destruirnos; pero si alguno de nosotros no lo hace, todos estaremos en peligro.

CAPÍTULO LXXIV

SANGRE

LA PRIMERA NOCHE QUE PASAMOS encerrados en el estadio fue tranquila, aunque yo no logré pegar ojo. Cada vez que algunos gruñidores subían del campo y se llevaban a uno o dos chicos, los observaba y no dejaba de imaginar lo que podían hacer con ellos. Lo único que les interesaba de nosotros era nuestra sangre. De alguna manera, la renovación periódica de la sangre les convertía en más humanos, aunque únicamente fuera en apariencia.

Me puse de pie y me acerqué a una parte de las gradas que dejaba ver el exterior del campo. En el gran estacionamiento había cuatro camiones muy grandes, y en ellos entraban los chicos, pero ya no volvían a salir.

Noté que alguien se acercaba por mi espalda, y cuando me volví observé el rostro de mi hermano Mike.

—¿Qué haces? —me preguntó.

—Estaba intentando averiguar a dónde se llevan a los chicos que sacan del estadio. Al parecer los meten en esos camiones. Llevo un rato observando y no he visto que nadie saliera —le expliqué.

—Siempre tienes que saberlo todo —dijo Mike.

—Simplemente me gusta saber cómo funciona el mundo. No entiendo por qué tú tienes tan poca curiosidad por todo —le contesté.

—Las preguntas y los libros siempre te han causado problemas, pero nunca aprendes —dijo Mike.

—¿Problemas? Claro que no, lo que sucede es que vivimos en un mundo en el que a los que mandan no les gusta que les cuestionen —dije, comenzando a enojarme.

—Es mejor estar junto a los poderosos —dijo Mike.

Fruncí el ceño. Mi hermano no solo no estaba arrepentido de lo que había hecho, además se atrevía a defenderlo.

—Traicionaste a Susi y también a mí, crees que puedes hacer lo que quieras y que eso no traerá consecuencias —le dije, alzando la voz.

—Tenemos que sobrevivir, es nuestra única misión en esta tierra maldecida —contestó.

—No es cierto; nuestra misión es ayudar a los que nos rodean y convertir el mundo en un lugar mejor.

—Tonterías...

Susi se unió a la conversación. No la habíamos visto llegar, pero Mike se mostró incómodo ante ella.

—Eres un egoísta, y siempre lo has sido —dijo Susi, mirando directamente a los ojos a Mike.

Mi hermano bajó la mirada y después se fue. Susi y yo nos quedamos a solas.

—Siento todo lo que has tenido que sufrir —le dije.

Susi se acercó a mí y comenzó a mirar en la misma dirección, aunque sabía que ninguno estaba contemplando nada. Después se giró y nuestros rostros estuvieron muy cerca.

—No ha sido culpa tuya —dijo Susi.

—Si no me hubiera ido... —le comenté.

—Si no te hubieras marchado, seguiríamos en Ione, viviendo como esclavos para un tipo ignorante y arrogante. Prefiero vivir peligros y tener al menos una esperanza que morir en mi cama, pensado que la vida que he vivido no merecía la pena —dijo Susi.

—Te entiendo, yo siento lo mismo; pero por otro lado creo que cada vez que nos movemos, que viajamos de un lado al otro, una ola de destrucción se mueve con nosotros. Místicus, el campamento de los hombres árbol, Utopía y ahora Minos. No va a quedar ningún sitio al que volver —le comenté.

—Siempre habrá un sitio que será nuestro hogar —dijo Susi.

—¿Cuál? —le pregunté con un nudo en la garganta.

—Te acuerdas de la vieja canción —contestó Susi.

Entonces comenzó a tararear una canción que yo conocía muy bien.

—*Cuando el Señor me llame a su presencia,*
Al dulce hogar, al cielo de esplendor.
Le adoraré, cantando la grandeza
*De su poder y su infinito amor.**

—Las viejas canciones —le contesté.

---

* «Cuán Grande es Él».

Se me hizo un nudo en la garganta. Me hubiera gustado regresar al dulce hogar, pero lo único que me quedaba era buscarlo más allá de la muerte.

Susi dejó de cantar y me besó. Fue algo cálido, dulce y tierno al mismo tiempo. Llevaba años esperándolo, pero aun así no dejó de sorprenderme. La abracé con fuerza y noté que estábamos besándonos y llorando al mismo tiempo. Nos sentíamos perdidos, abandonados a nuestra suerte en un mundo cruel que no llegábamos a comprender plenamente.

—Te quiero, Tes —dijo Susi mirándome a los ojos.

—Yo siempre te he querido, Susi. Desde que nos conocimos de niños —le contesté.

El sol comenzó a salir en el horizonte. Por unos momentos olvidamos el horror, el miedo y la muerte. El amor había vencido una vez más, destruyendo a todos sus enemigos tras su paso. Respiré hondo y tuve el convencimiento de que podíamos vencer, derrotar nuestros miedos y detener el mal. Aunque no fue tan sencillo como creía en aquel momento.

Capítulo LXXV

UN PLAN DESESPERADO

—NO HAY DUDA DE QUE tenemos que escapar de aquí cuanto antes —les dije a mis amigos.

—No sabemos cuánto tiempo queda, pero deben de estar sacando la sangre muy deprisa. Diría que hoy hay dos terceras partes del grupo que había ayer en el estadio —comentó Tim.

—Entonces tenemos menos de cuarenta y ocho horas —dijo Mary.

—Sí, pero no sabemos si nos elegirán antes; tenemos que escapar hoy mismo —comenté.

—¿Cómo lo haremos? —preguntó Katty.

Era la primera vez que hablaba en toda la mañana. Parecía enojada y taciturna; con casi total seguridad, ya se había enterado de mi beso con Susi.

—Por las alcantarillas —dijo Tim—. Por debajo de nosotros corre uno de los colectores principales que nos llevarán hasta el río. Allí tendremos que hacernos con algunos vehículos para alejarnos lo más rápidamente posible de Reno.

—El plan suena bien, pero estamos siendo vigilados todo el rato —dijo Mike.

—Las alcantarillas están debajo de los graderíos. Nuestra oportunidad es justamente cuando nos lleven a los camiones. Tendremos que enfrentarnos a los guardias y meternos rápidamente en las cloacas —dijo Tim.

—Puede que alguno de nosotros no lo consiga —comentó Katty.

—Puede, pero es la única alternativa. Ahora somos nueve, necesitaremos dos vehículos o uno muy grande —comenté.

—La cochera de los autobuses de la ciudad está cerca de la salida del río, tendríamos que conseguir uno pequeño —dijo Tim.

Uno de los gruñidores se acercó a nosotros y con un gesto me indicó que le siguiera.

—Tes, te esperaremos —dijo Tim.

—Busquen la forma de hacerlo; si no llego a tiempo, háganlo sin mí —dije, mientras seguía al gruñidor.

Nos alejamos del grupo y bajamos las escaleras hasta una de las salidas; comenzamos a caminar por los pasillos hasta lo que había sido la sala vip del estadio. No sabía qué había al otro lado de la puerta, pero podía imaginar que no era nada bueno.

CAPÍTULO LXXVI

EL HOMBRE MUERTE

CUANDO ENTRÉ, MIS OJOS SE quedaron totalmente ciegos. Había una gran penumbra y el ambiente estaba cargado. El gruñidor me empujó hacia delante y cerró la puerta. Me acerqué a pasos cortos hasta lo que yo creía que era la mitad de la sala. Entonces escuché su voz.

—Cuando te vi en la calle no lo podía creer. Tres veces te has interpuesto en mi camino, pero en esta última ocasión yo he sido el que ha vencido.

No contesté, pues nunca es buena idea charlar con el diablo.

—¿Eres mudo? ¿Crees que no puedo leer lo que circula por tu cabeza hueca?

Dudaba de que pudiera leer mi mente, pero la sola idea de que fuera capaz de hacer una cosa así me aterrorizaba.

El gruñidor encendió una lámpara pequeña de mesa, la sala se iluminó levemente y pudimos vernos las caras. He de reconocer que recordaba su rostro ligeramente, como si pudiera quedarme con los rasgos generales, pero no con los detalles. En las otras ocasiones su cara me había parecido monstruosa, pero ahora comenzaba a cambiar.

—Te sorprende mi cara —dijo como si estuviera leyéndome el pensamiento.

—No —contesté.

—La transformación no se ha completado, pero dentro de poco seré aun más bello de lo que fui antes de la Gran Peste. Durante años me dediqué a la moda, pero al cumplir los cuarenta entré en política, y por eso mi rostro no te resulta del todo desconocido —me dijo.

Entonces lo recordé. Era la cara de un senador, alguien que se había presentado a la presidencia antes de la Gran Peste.

—No recuerdo su nombre —le dije.

—Mi nombre es Michael Black. Una vez estuve a punto de gobernar el mundo, pero ahora nada me detendrá —me dijo mientras me miraba directamente a los ojos.

—No queda mucho que conquistar, ¿no cree? —le dije.

—Queda todo por conquistar. Ya no tendré que representar toda esa pantomima de moralina que antes me tocaba mostrar. El pastor Jack Speck fue el único que sabía lo que realmente creía, pero no hizo nada para detenerme. Me conocía desde niño. Había asistido a su iglesia con su familia, pero él intuía que había algo malo en mí, algo atrayente y repelente al mismo tiempo. Él sospechaba que yo había estado detrás de la muerte de un niño del coro, que había caído accidentalmente de uno de los balcones de la iglesia, pero no podía probarlo. Jack era un hombre vacío, sin fe.

—Jack Speck dio su vida por la nuestra —le dije enojado.

—Un último acto de generosidad para asegurarse la salvación que antes despreciaba. ¿Puede haber algo más patético?

—Sí —le contesté—, dar tu alma para gobernar un mundo como este.

El gruñidor se enfureció y su rostro se convirtió de repente en el del monstruo que era, pero que se ocultaba tras sus facciones angelicales.

—Lo que importa ahora es que yo estoy consiguiendo mi plan y tú eres mi prisionero. Quiero que renuncies y te rindas a mí; si lo haces, perdonaré tu vida y la de tus amigos.

Dudé unos instantes. No me quedaba mucha vida, pero si hacía lo que aquel ser me decía, podría salvar la vida de mis amigos.

—No me puedo fiar de alguien como tú —le contesté.

El gruñidor volvió a enojarse. Se levantó de la silla, me agarró por el cuello y me levantó un palmo del suelo.

—No juegues conmigo. No volveré a repetir mi oferta.

Sentía cómo aquella cosa me estrangulaba; mi mente se encontraba bloqueada, y no podía pensar con claridad. Entonces me soltó y caí al suelo.

Me agarré la garganta, el dolor era insoportable, pero debía buscar un plan antes de que fuera demasiado tarde.

—No voy a entregarte mi alma. Maldito diablo.

Empecé a orar dentro de mi mente, rechazando la fuerza y el poder que desprendía aquel ser.

—No hagas eso. No te servirá para nada —dijo, pero yo notaba que su cuerpo se debilitaba.

—No tienes poder sobre mí. ¡Ahora pierde todo tu poder! —grité.

El gruñidor se derrumbó en el suelo y yo aproveché para dirigirme a la puerta, pero antes de que lo consiguiera, él me atrapó con sus manos. Unas uñas largas se hincaron en mi espalda y di un grito.

—Déjame —dije, y abrí la puerta.

Una especie de fuerza me impedía salir, pero con un gran esfuerzo salí de la sala y cerré la puerta. Corrí hacia el pasillo. Me sentía muy débil y cansado, pero mis piernas respondieron enseguida.

Entonces llegué hasta la entrada de la gradería. En ese momento mis amigos eran escoltados hacia los camiones.

—¡Deténganse! —grité.

Los gruñidores me miraron sorprendidos y mis amigos aprovecharon para correr hacia mí. Tim se puso delante y nos dirigió hacia la alcantarilla, mientras los gruñidores nos seguían corriendo. Cuando miré hacia atrás, vi media docena de gruñidores armados con cuchillos y hachas. Apenas les sacábamos un cuerpo de distancia cuando llegamos a la entrada de nuestra salvación.

CAPÍTULO LXXVII

CAMINANDO BAJO TIERRA

EN CUANTO EL ÚLTIMO DE nosotros entró en el agujero, Tim cerró la tapa, pero un par de manos deformes se interpusieron. Golpeé con mis manos las de esos monstruos, pero no se inmutaron. Entonces Mike sacó su pistola y disparó a las manos. Logramos quitarlas y comenzamos a seguir a la carrera a Tim, que conocía de memoria todos esos túneles.

Escuchamos a lo lejos a los gruñidos y pisadas de nuestros perseguidores, pero estábamos seguros de que Tim podía despistarles en aquel laberinto de cloacas.

Tras media hora de carrera frenética, comenzamos a sentirnos agotados.

—No puedo más —dijo Mary jadeante.

—Tenemos que seguir —dijo Tim.

—Esperemos un instante —dije. Yo también estaba exhausto y me faltaba aire en los pulmones.

Nos detuvimos, y la mayoría de nosotros nos tumbamos en el suelo para recuperar fuerzas.

—¿Queda mucho? —preguntó Katty.

—Otra media hora de camino. Después, cuando salgamos del río, enseguida llegaremos a la cochera —dijo Tim.

—Esperemos que funcione alguno de esos viejos cacharros —se quejó Mike.

—Lo sabremos muy pronto —dije, poniéndome de pie.

Proseguimos el camino hasta que llegamos a la salida del colector. El sol nos cegó unos instantes, pero todos agradecimos encontramos de nuevo en la superficie.

—Por aquí —dijo Tim, mientras ascendía por una escalera metálica.

Le seguimos a toda prisa. Salimos a una calle y corrimos hasta una gran explanada cercada con una alambrada. Desde la calle podían verse los autobuses. Respiramos hondo y pedimos al cielo que alguno de aquellos autobuses funcionara.

Capítulo LXXVIII

SALIENDO DE RENO

PROBAMOS DURANTE MEDIA HORA SEIS autobuses, pero ninguno de ellos funcionaba. Mike intentó ver los motores, pero la mayoría de ellos tenían la batería gastada; ese solía de ser uno de los problemas más comunes a la hora de encontrar vehículos.

—¿Cuánto tiempo pueden tardar los gruñidores en llegar hasta aquí? —pregunté a Tim.

—Minutos, tal vez una hora, depende de su capacidad para localizarnos. La ciudad es muy grande y no tienen por qué imaginar que nos dirigimos hacia San Francisco y que tomaremos la interestatal 80.

—¿No sería mejor ir por secundarias? —dijo Katty.

—Es una opción, pero de esa manera las doscientas treinta millas se convertirán en trescientas o cuatrocientas —dijo Tim.

Mike se secó las manos con un trapo. Miró a sus compañeros y les dijo:

—¿Alguien puede subir para arrancar el motor?

Tim subió al autobús y por fin el motor comenzó a rugir. Todos aplaudimos, y en un minuto estábamos listos para comenzar viaje. Lo que no habíamos percibido era que los gruñidores habían llegado antes y comenzaban a cerrarnos el paso.

Una vez en el autobús observamos con preocupación la tremenda acumulación de gruñidores.

—No podemos tomar la interestatal. Podría atropellar a unos pocos, pero al final frenarían el autobús —dijo Mike, que se había puesto al volante.

—Esos tipos no se van a quitar de delante. Será mejor que demos la vuelta y salgamos por la calle 4 oeste —dijo Tim.

—¿Eso nos desviará mucho? —le pregunté.

—No, se vuelven a unir a las afueras de la ciudad —contestó Tim.

Sacamos los rifles por las ventanas y comenzamos a disparar mientas el autobús se ponía en marcha. Tuvimos que abatir a muchos antes de conseguir llegar a la calle. Después, Mike pisó el acelerador y el autobús salió a toda velocidad.

—Parece que les hemos esquivado —dijo Mary.

Miré hacia atrás. Cuatro camionetas nos seguían a toda velocidad.

—¿Cómo podemos esquivarlos? Este trasto no puede ir más deprisa —le dije a Tim.

—La única manera es meternos por el puente e ir a River Hill. Después hay un camino de tierra que bordea el río. Esos descerebrados serán fáciles de confundir —dijo Tim.

Mike dio un giro brusco y condujo a toda velocidad hasta el puente. El río parecía caudaloso, pero no era muy grande. Al otro lado, una urbanización era lo último que quedaba de la ciudad. El autobús se metió a toda velocidad y estuvimos a punto de volcar. Nos sujetamos donde pudimos, pero el traqueteo nos empezó a revolver nuestros estómagos vacíos.

—¿No hay otra manera? —preguntó Susi muy mareada.

Dos de las camionetas nos alcanzaron, pero no podían adelantarnos por la estrechez de la calle. Aproveché para ir a la parte trasera. Miré los rostros de los gruñidores.

—Se van a enterar —dije, mientras rompía el cristal.

Apunté bien y reventé los neumáticos de una de las camionetas. Esta perdió el control y comenzó a dar bandazos, chocó con la otra camioneta y literalmente se volcó y comenzó a volar. Cuando al final se quedó atravesada en mitad de la calle, la segunda la embistió. El golpe fue tan violento que comenzó a arder, hasta que se detuvo chocando contra una casa.

CAPÍTULO LXXIX

EN EL RÍO

GRACIAS A LOS CONSEJOS DE Tim habíamos dado esquinazo a las camionetas, pero como aquella urbanización no tenía otra salida, ahora atravesábamos un camino de tierra que estaba acabando con nuestros riñones. El autobús saltaba y nosotros íbamos de un lado para el otro.

—¿No puedes ir más despacio? —pregunté a mi hermano.

—Voy despacio, pero este camino es malísimo —contestó.

—¿Cuántas millas faltan hasta la carretera? —pregunté a Tim.

—No estoy seguro; después hay otro camino de tierra y luego llegaremos a una pequeña central hidroeléctrica, a partir de la central el camino es mejor.

Después de quince minutos en el camino, Mike dio un volantazo y perdió el control del vehículo. El autobús se viró a un lado y volcó. Pasaron unos minutos hasta que recuperé la consciencia. Tenía todo el cuerpo magullado y escuchaba los lamentos de la gente que me rodeaba. Levanté la vista y vi a Mike con la cara cubierta de sangre, pero vivo; Mary estaba aturdida, pero respiraba. Susi y Katty también estaban bien, pero Tim y uno de sus hombres parecían inertes.

Nos acercamos para comprobar sus constantes vitales.

—Están muertos —les dije a mis amigos.

Era duro perder a gente tan valiosa, pero en el mundo después de la Gran Peste, la muerte era algo demasiado cotidiano. Salimos como pudimos del autobús. Entonces vimos una nube de polvo que se divisaba a lo lejos.

—¡Rápido, al río! —grité.

Los gruñidores nos habían localizado. Ahora no teníamos medio de transporte, y alejarse de Reno se convertía en una misión casi imposible.

CAPÍTULO LXXX

ESCAPANDO PARA SALVAR NUESTRA VIDA

MIENTRAS CORRÍAMOS HACIA EL RÍO, notaba cómo la sangre me corría por la pierna. Llevaba apoyado en mi hombro a mi hermano Mike y las chicas corrían delante. Cuando miré al río, me puse realmente nervioso, pues era demasiado caudaloso en aquella zona y bajaba con mucha fuerza.

—No podemos cruzar —dijo Mary.

—Tenemos que hacerlo —dije, mientras miraba hacia atrás. Las camionetas estaban casi encima de nosotros.

Nos acercamos a la orilla, y antes de meternos en el agua observamos la zona mejor para nadar. Senté a mi hermano sobre una piedra y le lavé la cara. El agua fría le despertó; afortunadamente, la sangre provenía de una ceja rota.

—¿Estás bien, Mike? ¿Puedes pasar a nado? —le pregunté.

—Sí, se te ha olvidado que soy mejor nadador que tú —bromeó.

Las camionetas se detuvieron en la parte alta y diez gruñidores salieron de dentro para comenzar a bajar la colina. Uno de ellos era su jefe, Michael Black.

Nos metimos en las heladas aguas y comenzamos a nadar con todas nuestras fuerzas. Al otro lado había una casa solitaria, y más arriba las vías del tren.

El río bajaba con mucha fuerza y la corriente nos arrastraba. Llevábamos corriendo varias horas y no habíamos probado bocado desde la noche anterior. Las fuerzas nos fallaban, pero podía más en nosotros el instinto de supervivencia.

Levanté la vista y observé el césped de la casa que llegaba casi hasta el agua. Un poco más y estaríamos en la otra orilla. Cuando miré a uno de los lados, vi que Mary empezaba a perder fuerzas y dejarse llevar. Nadé hacia ella y la tomé de un brazo. Cuando salimos al otro lado, nos tumbamos sobre la hierba exhaustos.

Escuchamos unos disparos que cayeron en la orilla del agua.

—¡Has vuelto a escapar, pero te encontraré! ¡Mientras tú estés en la tierra no descansaré! ¡Eres el elegido! —dijo el jefe de los gruñidores.

Aquellas palabras me dejaron perplejo, pero no teníamos tiempo para detenernos. Nos pusimos en pie y seguimos corriendo hacia nuestro destino.

CAPÍTULO LXXXI

EL CENTRO COMERCIAL

CAMINAMOS POR LA INTERESTATAL CON el temor de ver aparecer las camionetas de los gruñidores en cualquier momento. Era cierto que tenían que dar un gran rodeo para alcanzarnos, pero nosotros íbamos a pie y ellos no. No llevábamos mapas, ni comida. Nuestra ropa todavía estaba empapada y debíamos curarnos nuestras heridas para que no se infectaran.

Cuando vimos a los lejos el centro comercial, nuestras esperanzas volvieron a resurgir. Corrimos hasta el centro y entramos a la carrera. Muchas tiendas estaban saqueadas, pero aún había muchas cosas útiles. Nos cambiamos de ropa, y logramos hacernos con un par de pistolas olvidadas en una armería. No encontramos comida, pero sí un mapa y algunos refrescos a punto de caducar.

Entonces escuchamos el frenazo de dos vehículos en el estacionamiento.

—Nos han encontrado —les dije a mis amigos.

Nos escondimos en la zona de almacenes. Escuchamos cómo los gruñidores se acercaban. Estábamos dispuestos a enfrentarnos a ellos; ya no íbamos a huir por más tiempo.

Cuando los pasos se detuvieron a la entrada del almacén, respiramos tranquilos, pero al poco rato escuchamos cómo un grupo de personas entraban e iban directamente hasta nosotros.

Mary y Susi llevaban las pistolas; yo tomé un hacha y contuve la respiración.

Unas sombras se proyectaron en el suelo, y justamente cuando estábamos a punto de atacar, vimos a dos chicas gemelas. Nos quedamos paralizados, sin saber qué hacer.

—Están fuera y les buscan, será mejor que nos sigan —dijo una de las chicas.

Caminamos en silencio. Las dos chicas eran indias americanas. No quedaban muchos indios americanos en el país, pero en esa zona se podían contar por unos pocos centenares. Nos sorprendió ver algunos con vida. Estábamos a punto de descubrir la última tribu de Estados Unidos de América.

CAPÍTULO LXXXII

LA TRIBU PERDIDA

LAS DOS CHICAS INDIAS NOS llevaron campo a través a toda velocidad. Conocían perfectamente el terreno y los peligros. En un par de horas estábamos en una zona boscosa próxima. Nos costó seguirles el paso, ya que caminaban muy aprisa y no pararon ni una sola vez a descansar. Llevábamos algo de agua, pero la sed enseguida se hizo insoportable. Caminamos otra hora más antes de llegar a un gran lago en Stampede Reservoir. Ascendimos durante otra media hora y después llegamos a un auténtico poblado indio.

—Bienvenidos a nuestro poblado —nos dijo unas de las chicas que apenas se había dirigido a nosotros en todo el tiempo.

—Mi nombre es Luna y el de mi hermana Flor.

—Gracias por salvarnos. Si no hubiera sido por ustedes, no sé qué hubiéramos hecho —les dije.

—Somos indios shoshones, y llevamos viviendo en esta zona siglos, pero el jefe ya les contará nuestra historia. Imagino que quieren beber algo y comer —dijo Flor.

—Sí, por favor —contestó Mary hambrienta y sedienta.

Nos cedieron una de sus tiendas y pudimos descansar un poco mientras preparaban la cena. A la media hora, un agradable aroma a carne asada nos avisó de que la cena ya estaba lista.

Fuera de la tienda nos encontramos a unos treinta indios e indias adolescentes y algún niño pequeño. Nos recibieron con una sonrisa y nos invitaron a que nos sentáramos en unos troncos. Una de las chicas que habíamos conocido repartió los alimentos en unos platos de plástico y, antes de comer, el jefe se dirigió a nosotros.

—Mi nombre es Gran Guerrero. Bienvenidos, forasteros; nuestras exploradoras nos han informado que unos adultos locos les seguían. Hemos visto los fuegos de guerra en la ciudad, sabemos que ha habido una batalla, pero no quién luchaba contra quién —dijo el jefe.

—Mi nombre es Teseo, somos de Oregón, vamos camino de San Francisco pero hemos estado en Reno. Allí se ha producido una batalla entre los adultos locos, como tú los llamas, y el reino de Minos —le expliqué.

—Los hombres locos no pueden luchar unidos, son como errantes —dijo el jefe.

—Sí, pero ahora han mutado en otra cosa. Lograron vencer a Minos y planean gobernar todo el territorio —le dije.

—No tenemos miedo a lo que puedan hacernos los blancos. Hemos sobrevivido a muchos presidentes y gobiernos —contestó el jefe.

—Sí, pero estos gruñidores, como les llamamos nosotros, no son humanos —le comenté.

Mientras todos comían, el jefe seguía interrogándome. No podía creerse las cosas que le contaba.

—Un jefe diabólico y con poderes, lo que nos cuentas es increíble. Nosotros creemos en los espíritus y que estos nos protegen. Hay malos espíritus y buenos, pero esos gruñidores no son vivos ni muertos —dijo el jefe.

—Es cierto. Pude hablar con él personalmente —le comenté.

—Será mejor que descansen, mañana será un día largo. Cada semana cambiamos el poblado de sitio. No queremos arriesgarnos a que nadie nos encuentre —dijo el jefe.

Nos acostamos antes de que se pusiera el sol. Estábamos tan agotados que enseguida caímos en un profundo sueño. Yo me desperté a las cinco horas con el corazón acelerado; mi último sueño se había convertido en pesadilla.

Después de desayunar, desmontamos las tiendas, recogimos todo y cargamos los caballos con ello. Bajamos la montaña y rodeamos el lago, para levantar el nuevo poblado en una zona resguardada cerca del agua.

A última hora de la tarde habíamos terminado el trabajo, pero estábamos agotados. Después de la cena, el jefe me llamó aparte.

—Imagino que estás deseoso de partir, pero puede que todavía les estén buscando. Es mejor que se queden unos días más, después les prestaré cuatro caballos —dijo el jefe.

—No es necesario, viajaremos a pie —le contesté.

—No, están agotados y este terreno es duro. Nuestros caballos están acostumbrados. No les puedo prestar uno más, pero la chica de color es pequeña y podrá montar con otra persona.

—Gracias de nuevo, pero puede que ustedes los necesiten más adelante —le contesté.

—Tienes una misión que cumplir, Tes. No es casualidad que te encontráramos, alguien allí arriba te está protegiendo. Nosotros simplemente ponemos un poco de lo que la Madre Tierra nos da. El camino más corto por las montañas hasta San Francisco es por el Parque Nacional Tahoe. Tienen que descender por la carretera 20 hasta Grass Valley, desde allí toman la interestatal 80 hasta Sacramento. El resto del camino es sencillo —dijo el jefe.

—Muchas gracias.

—Mañana saldremos de pesca con tu hermano. ¿Se llama Mike?

—Sí, jefe.

—Creo que necesita olvidar algunas cosas, y tú también —dijo el jefe.

Cuando regresé a la tienda tuve la sensación de que el jefe de la tribu nos estaba ayudando a ser sanados. A veces, los golpes de la vida nos dejan casi exhaustos y algunas personas en nuestro camino nos ayudan a tomar un nuevo rumbo.

CAPÍTULO LXXXIII

UNA MAÑANA DE PESCA

LA MAÑANA SE LEVANTÓ DESPEJADA. El sol brillaba con intensidad, pero todavía corría una brisa agradable. El lago resplandecía en tonos dorados mientras nos acercábamos a la barca. Cuando nos subimos y remamos hacia el interior del lago, la cara de Mike seguía con un gesto agrio. No quería ir a pescar aquella mañana, aunque lo que en realidad le sucedía era que simplemente no deseaba hacer nada que implicara estar tiempo conmigo.

El jefe de la tribu detuvo la barca en el centro del lago y se puso a un lado, lanzó la caña, y con los pies sobre el borde de la barca comenzó a silbar. Al otro lado, Mike y yo hicimos lo mismo. Lanzamos las cañas al agua y nos quedamos sentados esperando.

—¿Te acuerdas cuando íbamos con nuestro padre? —pregunté a Mike.

—Ya sabes que no recuerdo nada de esa época —contestó secamente.

—La vida era más sencilla y todo marchaba bien. Cómo les extraño —dije en voz alta.

Mike se puso rojo. Me miró con los ojos fuera de sus órbitas, y muy alterado me dijo:

—Estoy cansado de que hables de una vida que no significa nada para mí, ¿lo entiendes? ¡Nada! Ellos no están en mi memoria, ni el mundo del que tanto hablas; para mí únicamente existe esto —dijo extendiendo las manos.

Le miré con tristeza. Yo tenía un pasado en el que refugiarme, un mundo en mi mente en el que todo era más sencillo y la vida valía la pena. Él era un superviviente. Esa era una de las grandes diferencias entre los dos, pero yo nunca lo había entendido del todo.

—Lo siento, Mike —le dije.

—¿Qué sientes, Tes? —preguntó enojado.

—Siento que no tengas el mismo lugar en el que yo me refugio cada día: la memoria. Que todos estos años hablándote de nuestros padres, lo único que he conseguido ha sido hacerte sentir más solo; siento que hayas sufrido tanto —sentía un nudo en la garganta. Temía la reacción de mi hermano, siempre tan frío y distante.

Mike me miró a los ojos y después, en un gesto rápido, me abrazó y comenzó a llorar. Lloró con todas sus fuerzas, dejando que todo ese veneno del dolor saliera de su corazón.

—Lo siento, Tes. Te he decepcionado y traicionado —me dijo entre sollozos.

—Eres mi hermano, Mike. Eso no lo va a cambiar nada. Te quiero, eres lo más importante que me ha pasado y una de las pocas razones por las que sigo luchando —contesté llorando.

—Te quiero, Tes —dijo mi hermano.

—Juntos lo conseguiremos, ya lo verás. Los hermanos Hastings pueden conseguir lo que se propongan —dije, sonriendo.

—No dejes de hablarme de ellos. Lo necesito, aunque me gustaría al menos recordar sus caras.

—Ellos sí se acuerdan de ti. Te lo aseguro —contesté a mi hermano.

Aquel día de pesca fue especial. No regresamos ni con un pez en el cesto, pero yo había recuperado a mi hermano y la esperanza de que, tal vez, pudiera engañar a la muerte una vez más.

Cuando llegamos al poblado, Katty, Susi y Mary estaban esperándonos. Aquel pequeño grupo era todo lo que tenía. Debía protegerlos, cuidarlos y llevarles con bien hasta que encontráramos nuestro lugar en el mundo.

CAPÍTULO LXXXIV

CAMINO DE SACRAMENTO

AL SEGUNDO DÍA DE VIAJE, nos acercábamos a la primera ciudad del camino llamada Garden Valley. La ciudad estaba en mitad del bosque y más bien parecía un gran número de casas que un centro urbano. Nos quedaban unas pocas provisiones, pero no estaba mal conseguir algo más. La comida de los indios era fresca y no duraría muchos días.

Nos situamos en la entrada del pueblo, junto a la antigua estación de bomberos. Nos apeamos y dejamos nuestros animales a las chicas. Después, Mike y yo inspeccionamos la zona en busca de comida.

Entramos en varias casas, pero no había provisiones; otros muchos habían pasado por el pueblo, seguramente camino de la costa.

La escuela apareció ante nosotros. Era muy grande para las pocas casas del pueblo, pero imaginamos que la gente de todo el condado llevaba a sus hijos allí.

—Puede que en la escuela haya comida —dijo Mike.

—No perdemos nada comprobándolo —le contesté.

Entramos en el edificio. La puerta estaba rota y abierta. Sacamos las linternas y comenzamos a inspeccionar. Llegamos hasta la cocina y descubrimos algunas latas en buen estado.

—¿No sería mejor que buscáramos un auto? —me preguntó Mike.

—Lo bueno de los caballos es que no se les termina la gasolina —comenté.

—Sí, pero no pueden escapar tan rápido y tardaremos mucho en llegar a San Francisco —dijo.

—¿Qué más da? —le contesté.

—¿Cuándo es tu cumpleaños, Tes?

No respondí a la pregunta, pues no quería que Mike se inquietara más. La fecha se aproximaba, pero aún me quedaba algo de tiempo para disfrutar en su compañía.

—Todos tenemos que morir, Mike, no importa la fecha —le comenté.

Escuchamos un ruido. Nos dirigimos con precaución hacia el lugar del que provenía el sonido. Dentro de un aula había media docena de chicos muy jóvenes, casi niños, de ocho años. ¿Cómo habían llegado hasta allí? ¿Quién estaba a su cuidado? Por unos segundos se me pasó por la cabeza dejarlos allí, hacer como si no les hubiéramos visto, pero no podía hacer algo así.

—¿Qué hacemos? —preguntó Mike.

—¿Qué vamos a hacer? Ayudarles —contesté.

Abrimos la puerta y los chicos nos miraron con temor. Intenté tranquilizarles mientras entrábamos en el aula.

—Somos amigos, no les va a pasar nada —dije, mientras nos acercábamos a la tarima de la escuela.

—¿Qué hacen aquí? —preguntó Mike.

El grupo de chicos y chicas nos miró con cierto temor. Después, uno de ellos se puso de pie y dijo:

—Nuestros cuidadores han desaparecido, esta es la escuela George Washington.

En ese momento fuimos conscientes de que íbamos a tener problemas, pero no nos importó.

CAPÍTULO LXXXV

LA ESCUELA GEORGE WASHINGTON

CUANDO MARY, KATTY Y SUSI vieron a los críos, se quedaron atónitas. Habían sobrevivido solos un par de semanas. Sus cuidadores les habían abandonado. A medida que los adultos desaparecían, los más jóvenes se hacían cargo del grupo, pero cuando los recursos desaparecieron, comenzaron las luchas entre los chicos. Al parecer, un grupo se había marchado, pero el otro sobrevivió hasta que ya no quedaba nada que comer. Los más mayores salieron a buscar comida, pero ya no regresaron más.

Llevamos a todos los chicos a un salón; eran algo más de una docena, pero su estado de ánimo y su fuerza física estaban mermados por el hambre.

—Nosotros vamos de camino a San Francisco, no vamos a quedarnos en la escuela, pero pueden venir con nosotros —les dije.

—Pero Tes, no tenemos caballos suficientes, ni alimentos, no llegaremos ni a Sacramento —dijo Mike.

—No podemos dejarlos solos —dijo Susi—, sería lo mismo que condenarles a muerte.

—Se lo agradecemos —comentó una niña llamada Alice.

—Es lo mínimo que podemos hacer.

Katty y Mary estaban de acuerdo con nosotros. Mientras charlábamos, el día declinó y decidimos quedarnos allí aquella noche. Después de cenar todos juntos, nos quedamos solos de nuevo. El tema no se había zanjado satisfactoriamente para todos, por eso Mike lo sacó de nuevo a relucir.

—Puede que les parezca muy egoísta, pero si nos llevamos a estos chicos tardaremos semanas en llegar a San Francisco, y Tes no puede esperar tanto. Dentro de poco será su cumpleaños y ya saben qué sucederá entonces —dijo Mike.

—Eso no importa, Mike. No podemos vivir siempre pensando en nosotros. Además, puede que en San Francisco no haya ningún remedio —comenté.

—Sí lo hay —dijo Susi.

—¿Cómo lo sabes? —le pregunté.

—Cuando salimos de Ione, la mayoría decidió dirigirse a San Francisco, pero al parecer Frank nos lo ocultó. No quería que la gente se fuera del pueblo. Él nos tenía a todos sometidos, pero cuando salió en busca de ustedes, alguien filtró la información. Al parecer lo sabía desde hacía meses, pero no lo había contado —dijo Susi.

—Es increíble; prefería dejar que gente como yo muriera antes de perder su poder —le dije.

—Por eso nos fuimos y te dejamos la nota. Pensamos en ir por un camino menos peligroso y poblado, pero como ya sabes, en Reno se complicaron las cosas —dijo Susi.

—Entonces, ¿qué hay en San Francisco?

—Lo llaman Villa Esperanza; allí, un doctor llamado Sullivan ha encontrado el remedio y la mejor prueba de ello es que aún vive —comentó Mike.

—Puede que sea inmune. En los bosques de Oregón vimos adultos sanos, que se habían limitado a no comer nada que ellos mismos no hubieran producido —les conté.

—Este caso es diferente. El doctor ha descubierto la cura. Miles de personas de todo el país se están reuniendo en San Francisco para reconstruir el país —dijo Mike.

Prefería no hacerme ilusiones. No era la primera vez que escuchaba aquellas palabras, pero cuando estás a punto de morir, lo único que queda es confiar.

CAPÍTULO LXXXVI

LA ESCUELA GEORGE WASHINGTON II

ME DESPERTÉ BRUSCAMENTE. AÚN ERA de noche, pero escuché unas voces en la planta de arriba. Subí con cuidado las escaleras, me acerqué a la puerta del cuarto de los chicos y comencé a escuchar.

—¿Cuántos son? —preguntó una voz.

—Son cinco y cuatro caballos —dijo la voz de Alice.

—Tenemos que hacerlo rápidamente. Ustedes se quedarán con la carne de los caballos; tendrán un verdadero festín durante semanas, pero los jóvenes son para nosotros.

—Sí, pero no les ofreceremos ninguno más de los nuestros —comentó la niña.

—Se les olvida que somos sus profesores. Nosotros les hemos protegido todos estos años, pero la única manera de sobrevivir es haciendo ciertos sacrificios.

La conversación me horrorizó. El ser humano era capaz de cualquier cosa por aferrarse a la vida. Intenté bajar sin hacer ruido y despertar a mis amigos. Les conté brevemente lo que había escuchado, pero cuando nos disponíamos a salir, tres gruñidores nos cerraron el paso. Debían de ser los profesores de los chicos.

—¿Dónde van tan deprisa? Ahora pertenecen a la escuela George Washington —dijo una de las profesoras.

Mike y yo tomamos las armas y las chicas se pusieron detrás. Apuntamos a los gruñidores, pero antes de que pudiéramos disparar, varios de los niños se interpusieron.

—¿Serán capaces de asesinar a estos pobres e indefensos niños? —preguntó otro de los profesores.

—Ellos estaban dispuestos a matarnos a nosotros —les dije.

Dudé por unos instantes. Aquellos niños habían sido educados en la crueldad y su conciencia estaba completamente nublada, pero yo no podía hacerles daño.

Susi salió de detrás de nosotros y se lanzó al cuello de uno de los gruñidores; Mary y Katty hicieron lo mismo. Nosotros nos unimos a ellas. El problema fue que los niños comenzaron a atacarnos, pues en cierta manera aquellos maestros eran sus protectores y verdugos a la vez. Logramos controlar a los gruñidores y a los niños.

—¿Qué hacemos con ellos? —preguntó Susi.

—Son niños asesinos —dijo Mike.

—Hacen lo que se les ha enseñado —comentó Mary.

—Es muy difícil que logremos controlarlos, pero tampoco me quedo contento si los dejamos aquí —les dije. No sabía qué decisión tomar, las dos eran difíciles.

—Que ellos decidan —dijo Katty.

Miramos a los niños. Estaban sucios, vestidos con andrajos, con el rostro pálido por la falta de luz solar, delgados y vulnerables.

—Preferimos quedarnos —dijo Alice—; por favor, no maten a nuestros profesores.

No podíamos cumplir el deseo de aquella niña. Otros vendrían detrás de nosotros y se convertirían en la comida de aquellos gruñidores.

—Lo siento, pero no puedo dejarlos con vida —les comenté.

Sacamos a los gruñidores del edificio, intentando evitar que los vieran morir sus antiguos alumnos. Tomamos los caballos y nos alejamos hasta la salida del pueblo. Después soltamos a los gruñidores, y cuando comenzaron a huir terminamos con ellos. Nunca antes había sentido tanto eliminar a un gruñidor, pero al hacerlo estábamos salvando otras vidas.

CAPÍTULO LXXXVII

EL ORO NEGRO

ESTÁBAMOS A UN DÍA DE Sacramento. Los caballos resistían bien la marcha, pero no eran tan cómodos como un auto. Por las noches estábamos agotados, pero al menos dormíamos de un tirón. Evitábamos las zonas urbanas, pero a medida que nos aproximábamos a la gran ciudad era más difícil encontrar sitios despejados.

La ciudad de Auburn era el típico lugar de vacaciones. A medida que nos acercábamos a la costa californiana, los pueblos eran más ricos y estaban más cuidados, aunque los últimos años estaban convirtiendo extensas zonas de California en bosques interminables. Algunas partes de la autopista comenzaban a ser invadidas por la vegetación. La naturaleza, a medida que el hombre desaparecía, se transformaba hasta convertirse en algo exuberante y hermoso.

Nos acercamos a la ciudad con cautela; necesitábamos agua y hacernos con un auto. No era buena idea atravesar las ciudades de Sacramento y San Francisco a caballo.

La zona comercial de la ciudad era bastante grande, para lo que habíamos encontrado en el camino. Meterse en esos gigantescos centros comerciales era peligroso. Los sitios oscuros y frescos eran nidos de gruñidores.

Nos acercamos al estacionamiento y buscamos entre los vehículos que había. La mayoría estaban inservibles, pero al final encontramos una camioneta Volkswagen Caravelle gris. Mike revisó el motor, después encendimos el vehículo y el motor se puso en marcha. Cada vez era más difícil encontrar un auto que funcionara.

—¿Cómo está de gasolina? —preguntó Katty.

—Eso es lo malo, no hay casi nada —dijo Mike.

—Seguro que encontraremos —comentó Susi.

Buscamos comida en las tiendas más cercanas a la salida del centro comercial. Encontramos suficiente para pasar el día; no queríamos arriesgarnos a meternos más adentro. Ahora lo importante era encontrar combustible.

Salimos a la interestatal con dirección a Sacramento, y no llevábamos ni dos millas cuando Susi dio un grito que nos dejó a todos temblando.

—He visto, ¿cómo se llaman? Esa especie de grandes bidones.

—¿Una refinería? —le pregunté.

Tomamos la siguiente salida. No era exactamente una refinería, pero a lo lejos se veían gigantescos depósitos de combustible. Estábamos muy cerca de la valla cerrada, pero no encontrábamos la entrada. Después de dar una vuelta entera, llegamos a una puerta cerrada con candado.

Mike sacó unas grandes tijeras y cortó la cadena. Nos metimos con la camioneta en el complejo.

—¿Cómo vas a echar la gasolina desde esos mastodontes? —preguntó Susi.

Katty puso los ojos en blanco. Yo sabía que las dos se llevaban mal, pero intentaban llevarse bien.

—Tiene que haber mangueras. El combustible se transporta en camiones —dijo Katty.

Vimos varios camiones estacionados y nos aproximamos a ellos. Bajamos de la camioneta y nos acercamos al camión. Mike sacó la manguera y empezó a llenar bidones. Katty tomó uno de ellos y con un embudo echó en el depósito. Apenas llevábamos cinco minutos cuando escuchamos el sonido de armas automáticas. Al girarnos, media docena de chicos armados y vestidos de militares nos apuntaban. El cabo dio un paso al frente y nos dijo:

—Están en una zona restringida.

—No lo sabíamos —le dije.

Mike cerró la llave del camión y levantamos las manos. Los soldados nos llevaron a pie hasta un edificio en el centro del complejo. En la entrada había dos guardas; todos eran chicos de unos catorce años. Al entrar en el edificio comprendimos por qué era tan valiosa la gasolina. El interior estaba adornado con figuras de oro, obras de arte y sillones de piel.

Nos llevaron hasta un gran salón. Allí nos hicieron esperar de pie. Pasada media hora entró un chico de unos dieciséis años. Su cabello era tan rubio que parecía albino.

—Me han comunicado que estaban robando combustible —dijo el albino.

—No sabíamos que tenía dueño —comentó Mike.

—Lo tiene, somos el Ejército Revolucionario del Suroeste —comentó el chico albino.

—Somos forasteros. Venimos del este —comenté.

—¿Del este? Nos han llegado noticias de una terrible batalla en Reno.

—Nosotros escapamos antes de que la ciudad se rindiera —comenté.

—Es una pena, pues el Reino de Minos era nuestro mejor cliente —dijo el chico albino—, aunque no nos faltarán clientes nuevos. ¿Son ustedes de Nevada?

—No, venimos de Oregón, de un pueblo al norte del estado —dijo Mike.

—En Oregón no debe de quedar mucho en pie —dijo el albino.

—¿Por qué lo preguntas? —dijo Mike.

—Viene mucha gente desde allí. Todos creen que en California las cosas les irán mejor. Desde que se descubrió oro hace siglos, esta es la tierra de provisión. Aunque ahora el verdadero oro es negro y yo tengo una gran cantidad. La mayor reserva de la zona suroeste —comentó el albino.

—¿Por qué se llaman el Ejército Revolucionario del Suroeste? —preguntó Katty.

—En San Francisco están intentando reconstruir el gobierno de Estados Unidos, pero lo que quieren traer de verdad es la dictadura. Es mejor que dejen las cosas como están. El centro del ideal norteamericano ha sido siempre el beneficio y la libertad. Los estados siempre nos han causado problemas —dijo el albino.

—Los estados protegen a los débiles y salvaguardan las leyes —dijo Susi.

El chico albino arqueó las cejas. Después hizo un gesto a sus hombres y media docena se acercó a nosotros.

—Lo siento, estoy algo escaso de mano de obra. Se encargarán de limpiar los contenedores vacíos. Estoy negociando para que nos traigan todo el combustible de un petrolero varado en la zona de la costa —comentó el albino.

—Pero... no puedes retenernos —dijo Mike.

—Aquí mando yo. Soy un amo justo; les daré de comer y no les maltrataré, pero si intentan escapar sufrirán mi ira. Las chicas servirán en mi casa —dijo el albino.

Nos llevaron a una especie de celdas, después de separarnos de las chicas. Nos dieron unos monos azules y después nos llevaron al primer gran contenedor. Nos dieron unas mascarillas y nos hicieron entrar. El olor mareaba y el suelo estaba resbaladizo. Después de unas horas, estábamos tan mareados que apenas podíamos tenernos en pie.

Capítulo LXXXVIII

CERCA DE LA META

MUCHAS VECES, CUANDO ESTAMOS MÁS cerca de la meta es cuando los problemas parecen crecer. Nos encontrábamos próximos a la ciudad que llevábamos persiguiendo durante semanas, pero al mismo tiempo nuestro último percance no nos permitía llegar a nuestro destino.

Por la noche nos reunieron a todos los trabajadores en un comedor. Nos sirvieron una sopa casi transparente, un filete de carne dura y un puré de patatas rancio. Aunque yo aproveché para interrogar a nuestro compañero de mesa. Se llamaba Vincent, era del estado de Washington, e igual que nosotros, había hecho un largo viaje para caer en manos del Ejército Revolucionario del Suroeste.

—¿Entonces estamos muy cerca de San Francisco y Los Ángeles? —le pregunté al chico.

—A unas horas en auto. Yo también me dirigía allí cuando me atraparon —dijo Vincent.

—¿Fue el Ejército Revolucionario el que te atrapó?

—No, realmente fue un cazador de esclavos. Hay muchos por esta zona; cada vez hay más mini estados como este, pero necesitan esclavos. Los cazadores los traen y se llevan combustible; con él consiguen todo lo que desean —dijo Vincent.

El sur de California no se parecía al paraíso que habíamos imaginado.

—¿Realmente hay un estado en San Francisco? —le pregunté.

—Sí, hay un gran laboratorio, soldados y dicen que un gobernador. En una parte de la ciudad hay una especie de gigantesca cúpula. Se construyó para proteger a los habitantes de la Gran Peste. Dicen que es gigantesca, una verdadera ciudad. El plan es poner cúpulas por todo el país y reagrupar a la gente, mientras se encuentra el remedio —dijo el chico.

Aquello fue como un mazazo para mí. Si no había remedio, yo estaba perdido, y posiblemente no admitían a todo el mundo en las grandes urnas.

—¿Cómo se puede ingresar en una? —pregunté.

—Hay tres maneras, creo. Pasar el test de inteligencia, saber algún oficio importante o ganar el sorteo que hay cada semana. Se está construyendo otra gran cúpula en Los Ángeles. Si trabajas en la construcción tienes entrada asegurada —comentó el chico.

No me queda tanto tiempo, pero al menos hay una esperanza, pensé.

Cuando terminamos la cena nos llevaron a unos barracones y nos encerraron. Durante tres días seguimos la misma rutina, pero al tercer día las cosas cambiaron dramáticamente.

CAPÍTULO LXXXIX

LA NOCHE DE LOS GRUÑIDOS

ESTÁBAMOS TERMINANDO LA CENA CUANDO escuchamos mucho alboroto. Los guardas estaban inquietos. En ese momento llegó el cabo y nos dijo:

—Nos atacan los gruñidores, estarán aquí antes de quince minutos. Al salir se les facilitará un arma para que luchen en nombre del Ejército Revolucionario.

Mike y yo nos miramos; aquella era nuestra oportunidad. Salimos del comedor y nos dieron un fusil cargado y dos cajas de municiones. Nos llevaron a la valla norte y lanzaron unas bengalas al cielo. La noche se iluminó y vimos a miles de gruñidores dirigiéndose hacia nosotros. Sentí un escalofrío en la espalda. Parecía que una vez más se repetía la misma pesadilla.

—Cuando comience el jaleo nos escabulliremos —dije a mi hermano en un susurro.

—Los guardas están atrás, si nos movemos de aquí nos dispararán —comentó Mike.

—En cuanto esto se ponga serio, serán los primeros en huir. Lo que me preocupa es dónde están las chicas —le dije.

—En el edificio principal, tienen que seguir allí.

Cuando los gruñidores estuvieron cerca, comenzamos a disparar, pero eran tantos que toda resistencia se hacía inútil. Algunos de los guardas comenzaron a huir y les siguió el resto de prisioneros. Nos escabullimos y fuimos al edificio principal. Entramos en cada cuarto, pero no había nadie. Estaba todo vacío.

Cuando salimos del edificio, observamos cómo grandes bolas de fuego volaban sobre nuestras cabezas y se estrellaban contra el edificio o caían en el suelo, provocando la explosión de autos. Cuando alguna cayera sobre uno de los grandes contenedores de combustible, todos saltaríamos por los aires.

—Mira nuestra camioneta —dijo Mike.

—No podemos irnos sin ellas —le dije.

Vimos a lo lejos a un grupo de personas que huían a pie, y algunas eran chicas. Corrimos hasta ellas, pero no estaban nuestras amigas. Volvimos a la camioneta y salimos del complejo en mitad de explosiones y con los gruñidores pisándonos los talones.

ENCUENTROS

A VECES HAY QUE PERDER todas las esperanzas para usar la fe. Mientras salíamos a la interestatal, le pedía a Dios que encontráramos a las chicas. No quería estar separado por más tiempo de las únicas personas con las que deseaba pasar el tiempo que me quedara.

—¡Regresa! —grité.

—¿Por qué? —me dijo Mike asustado.

—Creo que sé dónde han ido —le comenté.

—¿Adónde? —me preguntó extrañado.

—Han regresado al centro comercial a buscar los caballos —le dije.

—Pero eso está muy cerca de los gruñidores —dijo Mike.

—No me importa morir, prefiero eso a perderlas —le dije con un nudo en la garganta.

Mike giró la camioneta y volvimos al centro comercial en el que habíamos estado unos días antes. Sabía que era una idea descabellada, pero las chicas no tenían medio de transporte y el centro comercial estaba muy cerca.

Tardamos apenas diez minutos, pero a ambos lados los gruñidores avanzaban. Si no salíamos de allí en minutos nos rodearían por completo. A medida que avanzaban, más gruñidores se unían a ellos, como si una gran mente los gobernara a todos.

Llegamos al centro comercial y bajamos de la camioneta. Al fondo vimos a varios gruñidores haciendo un corrillo.

—Mira —le dije.

Disparamos a los gruñidores y cuatro cayeron heridos, el resto se dispersó. Allí estaban las chicas, sanas y salvas.

Se acercaron a nosotros y nos abrazamos, pero cuando volvíamos a la camioneta un impacto la alcanzó y la hizo saltar por los aires. Ahora habíamos vuelto a perder nuestro vehículo.

—Hemos visto a los caballos en la hierba.

Salimos al jardín del centro comercial, que parecía una selva salvaje. Allí estaban los cuatro caballos, asustados pero intactos.

Los tranquilizamos un poco y después salimos de la zona comercial. A lo lejos brillaban los fuegos que cubrían parte de la ciudad y los depósitos de gasolina.

Cuando logramos llegar a la interestatal, los gruñidores en masa corrían a nuestras espaldas. En unos minutos les sacamos ventaja, y media hora más tarde dejamos de escuchar sus gruñidos y las explosiones de los depósitos.

Cuando miramos hacia atrás, nos quedamos impresionados. El cielo brillaba por el fuego y unas gigantescas columnas de humo tapaban el sol que intentaba despertar aquella mañana.

—¿Por qué regresaron a buscar los caballos? —les pregunté.

—No regresamos a buscar los caballos; simplemente se nos ocurrió que el único sitio en el que ustedes nos buscarían sería allí —dijo Susi.

—Tenemos que llegar a San Francisco antes de que lo hagan los gruñidores. Si no están preparados para resistirlos, destruirán todo a su paso —les dije.

—¿Entonces es verdad? —preguntó Katty.

—Al parecer sí; hay un gobierno reconstituido de Estados Unidos, y han creado inmensas cúpulas para protegerse —les expliqué brevemente.

—Al menos existe el sitio que hemos estado buscando todo este tiempo —dijo Susi.

—Siempre ha existido, aunque únicamente fuera en nuestra imaginación —dijo Katty.

—Cuando lleguemos a Villa Esperanza, lo primero que haré será pasarme una semana durmiendo, comiendo y leyendo —dijo Susi.

—No creo que te dejen —dijo Mike.

—Yo quiero un helado; los únicos que probé fueron de piña y no recuerdo ni su sabor —comentó Katty.

—¿Se imaginan que haya videojuegos? —les dije.

Nos echamos a reír; era maravilloso soñar despierto.

—Las circunstancias no nos dejaron ser niños, ¿verdad, Tes? —preguntó Mike.

—Qué tontos somos. Cuando llegamos a cierta edad queremos parecer mayores, pero se nos olvida que la infancia ya no regresará jamás. Todo lo que construimos en nuestras mentes, aquellos sueños interminables, se convertirán en polvo ante la amarga realidad de la vida. Mientras somos niños, somos reyes en nuestro pequeño mundo imaginario, pero después la realidad nos envuelve y asfixia, hasta robarnos la inocencia —les dije.

—La inocencia no tiene importancia para mucha gente, creen que es como una enfermedad que se pasa con el tiempo —dijo Katty.

—La inocencia es un regalo, nos permite construir nuestro interior antes de que nos asalte la realidad —le contesté.

El sol ya iluminaba la carretera y parecía que lo sucedido por la noche era un mal lejano, una pesadilla.

—Tengo hambre —comentó Mike.

—Yo también —dijo Susi.

—Pues creo que allí puede haber comida —comentó Katty señalando una estación de servicio de la carretera.

Encontramos unas latas de frutos secos, unos refrescos y algo de leche condensada. Tomamos la comida mientras los animales abrevaban, y después caminamos un rato y continuamos la conversación.

—¿Habrá libros en Villa Esperanza? —preguntó Susi.

—Espero que sí —le contesté.

—Sin libros no hay paraíso —dijo Katty.

Caminamos hacia el oeste. Sacramento se veía a lo lejos, como una especie de espejismo. No sabía si existía Villa Esperanza, pero de no haber existido, alguien la debía de haber creado, aunque solo fuera en su mente. Sin paraísos perdidos, sin esperanzas de un mundo mejor, la vida se convierte en fatiga, pena y sufrimiento.

CAPÍTULO XCI

SACRAMENTO

POCO A POCO LOS BOSQUES recuperaban tierras de labranza, zonas residenciales y hasta el centro de las ciudades. Al verlo, no podías dejar de pensar que lo mejor que le podía pasar a este viejo planeta era que nos extinguiéramos, pero después recordabas todos los logros del hombre, y sentías que el planeta sin el ser humano sería como un gran escenario sin actores ni función que representar.

Las afueras de la ciudad de Sacramento parecían tranquilas. La capital del estado de California era un lugar agradable para vivir. A un par de horas del mar, pero muy cerca de las montañas.

—Me gusta Sacramento —le dije a Susi.

Mi amiga se aproximó con su caballo y me besó. Katty refunfuñó más atrás; no podía soportar que Susi fuera ahora mi novia.

Cabalgamos hasta el centro de la ciudad y nos hicimos con algunas provisiones. Pasamos frente al edificio del Parlamento y atravesamos las calles desiertas de la ciudad. Los árboles comenzaban a invadirlo todo, y los parques se convertían en verdaderas selvas.

Nos habíamos sentado en una plaza para descansar. Cabalgar podía ser agotador. Mientras los caballos pastaban, comenzamos a comer algo de carne enlatada.

—¿Cuánto falta para llegar a San Francisco? —preguntó Mary.

—Mañana estaremos en la ciudad —le comenté.

—Creía que no llegaríamos nunca —dijo Mary.

—Puede que no exista Villa Esperanza ni el doctor Sullivan —dijo Katty.

—A veces es más importante seguir adelante que encontrar lo que buscas —comenté.

—Me crié pensado que moriría a los dieciocho años. Ahora no sé qué haré con tanta vida por delante —dijo Mary.

—La vida pasa muy rápido, te lo aseguro. Estoy seguro de que se te ocurrirá hacer algo productivo, como tener hijos y buscar un lugar en el que ser feliz —dijo Susi.

—Lo cierto es que otros pocos años se me han pasado volando, sobre todo las últimas semanas de viaje.

—Me acuerdo de Patas Largas —les dije—, estoy seguro de que le hubiera encantado llegar con nosotros a San Francisco.

—A veces no sobreviven los mejores —dijo Katty.

—Será mejor que nos marchemos antes de que se haga de noche. Uno no puede fiarse de lo que pasa en un sitio como este cuando se va el sol.

Mike fue a buscar los caballos. Salimos de la ciudad y continuamos por la interestatal 80. Dormiríamos en algún lugar al sur de la ciudad de Davis. Aquel hermoso valle estaba repleto de antiguos campos de cultivo, que ahora eran inmensas praderas. En esa zona la temperatura era suave y por las noches corría una agradable brisa.

ÚLTIMO ACTO

CUANDO OBSERVAMOS LA BAHÍA DE San Pablo, muy cerca de la ciudad de Vallejo, nos sentimos reconfortados. Estábamos a unas horas de nuestro destino. Nos detuvimos a contemplar el mar. El azulado cielo de California brillaba sobre la mansa superficie de agua. La vegetación rodeaba toda la bahía, que a pesar de la superpoblación había conservado su belleza original.

—Esto es lo que debieron de sentir los colonos que atravesaron todo el país para llegar a la tierra de provisión —comenté a nuestros amigos.

—Sí, es emocionante. Por fin hemos llegado —dijo Mary.

Susi me abrazó, y Mike sacó unos viejos prismáticos que había encontrado en una de nuestras exploraciones en busca de provisiones.

—Ahora nos queda encontrar Villa Esperanza —dijo Katty.

—Espero que no sea complicado. Imagino que San Francisco debe de ser enorme —comentó Mike.

—Una gran ciudad —les dije.

Caminamos durante un rato, con los caballos agarrados por las riendas. El día era formidable y la brisa del mar nos refrescaba. Teníamos ganas de tomar un buen baño y comer algo caliente, pero a veces el ser humano se conforma con disfrutar el placer de sentir el sol en la cara y simplemente estar vivo.

Cuando llegamos al pequeño puerto marino elegimos uno de los veleros que había amarrado.

—¿Qué les parece si vamos a la ciudad en barco? —les pregunté.

—¿Y los caballos? —dijo Mary.

—Los dejaremos en libertad. Creo que ya han hecho suficiente por nosotros —dije.

—Por mí estupendo —comentó Susi.

Metimos las pocas cosas que llevábamos en el barco. Mike se entretuvo en buscar algo de cebo por la zona, pues nunca se sabe si vas a tener unos breves momentos para pescar.

Las velas se hincharon en cuanto las desatamos. Había un viento aceptable; yo no sabía gobernar un barco velero, pero Katty sí. Ella se fue al timón y Mike y yo servimos de ayudantes.

Cuando el barco se encontró en mitad de la bahía, echamos el ancla. Las chicas se tumbaron al sol y nosotros lanzamos las cañas al agua. Parecía un hermoso día de vacaciones.

Estaba quedándome adormilado cuando Susi vino corriendo y gritando.

—Hay fuego en la ciudad —dijo señalando San Francisco.

—¿Fuego? —pregunté extrañado.

—Será algún incendio fortuito, en verano es normal que se produzca.

Mike sacó los prismáticos y miró hacia donde provenía el humo.

—Unos helicópteros están lanzando bombas contra algo —dijo mi hermano.

—Eso es imposible, no he visto un aparato volando desde que era niño —le comenté.

Le pedí prestados los prismáticos a mi hermano. Era sorprendente, pero dos helicópteros Apache del ejército disparaban sobre la gente. Desde allí no se podía observar bien, podría tratase únicamente de gruñidores.

—¿Contra quién están luchando? —preguntó Katty, que se acababa de unir a nosotros.

—No lo sé, pero si el ejército está al mando, eso significa que existe un gobierno de Estados Unidos en funciones —comentó Mike.

—Cualquiera puede haber robado esos aparatos —dijo Mary.

—Manejar unos helicópteros como esos no es nada fácil —le contesté.

Mientras miraba por los prismáticos, observé que uno de los aparatos cambiaba el rumbo y se dirigía hacia nosotros.

—Viene hacia aquí —dije sorprendido.

—Será mejor que nos pongamos a cubierto —dijo Katty.

—Son de los nuestros —dijo Mike.

—Puede que tenga razón Katty —contesté.

Apenas me había dado tiempo a terminar la frase, cuando el helicóptero se situó encima de nosotros. Me quité mi camiseta blanca y comencé a agitarla. Entonces una voz metálica salió del aparato.

—Esto es territorio de Estados Unidos de América, no está autorizado a entrar en la zona de seguridad. Desista y regrese por donde ha venido.

—¿Qué dice? —comentó Mike—. No hemos venido hasta aquí para darnos la vuelta.

—Será mejor que hagamos lo que dicen. No quiero que nos hundan en mitad de la bahía —le contesté a Mike.

Katty tomó el timón y viramos el barco. Nos alejamos lentamente de la ciudad y nos dirigimos de nuevo a la Bahía de San Pablo.

—No pueden impedirnos que nos acerquemos, somos ciudadanos de Estados Unidos —dijo Mike indignado.

—Me temo que el que tiene los cañones es el que pone las normas —le contesté.

Decepcionados, nos acercamos al puerto, atracamos el barco y nos reunimos todos para hablar.

—¿Qué vamos a hacer ahora? —preguntó Susi.

—Tiene que haber una forma de entrar en la ciudad —dijo Mary.

—Lo que está claro es que por barco no es una buena idea —les comenté.

Escuchamos unos pasos en el puerto, y al mirar observamos a media docena de soldados y a dos viejos conocidos.

—Hola, amigos, veo que a ustedes tampoco les han dejado entrar en la ciudad.

—¿Elías y Mona? —pregunté sorprendido.

—Veo que te acuerdas de nosotros.

—¿Cómo poder olvidarles? —contesté.

—Creo que ahora nos necesitamos —dijo Elías.

—No te fíes de él, Tes —dijo Mary, que todavía se acordaba de cómo Elías nos había traicionado en Místicus, entregándonos como esclavos.

—¿Cómo lo harán? —pregunté.

—Tienen que confiar en nosotros.

EPÍLOGO

El doctor Sullivan realizó la última prueba. Había sido todo un éxito. Ahora, lo único que tenían que hacer era vacunar masivamente a la población. Los enfermos mayores de dieciocho eran irrecuperables, pero los menores sanarían en pocos días.

Sullivan dejó las gafas sobre la mesa y contempló la bahía desde su despacho. Todos esos años de pruebas habían valido para algo. Llevaba años inyectando cada descubrimiento en sí mismo, pero a los pocos meses comenzaba a fallar el remedio. Esta vez parecía ser definitivo. Los vacunados llevaban seis meses vivos a pesar de tener más de dieciocho años. Por desgracia, un día después de cumplir los dieciocho el remedio sería inútil.

Sullivan observó la foto de su hijo. Había muerto el día anterior. Se había negado a utilizar la vacuna hasta que sus efectos estuvieran probados, y ahora ya no podía hacer nada por él.

A veces las cosas no eran fáciles en el mundo que había creado. No jugaba a ser dios, pero muchos le veían como tal. Él no tenía el poder sobre la vida ni la muerte. Únicamente era un ser humano más, con sus debilidades y defectos. ¿Cuánto tiempo aguantarían sin una cura? Las grandes cúpulas eran una solución pasajera, no sabían si resistirían un terremoto de gran intensidad. Además, ¿quién era él para elegir a los que podían vivir o morir?

Aquella lucha encarnizada había durado siete años. Al principio, los científicos habían estado tan despistados que no se habían dado cuenta de que el virus alteraba un cromosoma de nuestro ADN, el cromosoma que él mismo había bautizado como MAL. Al parecer, nuestro ADN tenía una especie de cromosoma que regulaba nuestro comportamiento ético. El virus lo cambiaba, matando al individuo o convirtiéndole en una especie de máquina insensible. La enfermedad no actuaba hasta los dieciocho años, porque el cromosoma no maduraba hasta esa edad; pero en cuanto el cromosoma estaba completamente en funcionamiento, el virus lo destruía.

Sullivan se puso de pie y caminó por el despacho. Nunca antes un descubrimiento había sido tan importante; en cambio, para él ya no tenía ningún valor. Podía parecer un sentimiento muy egoísta, pero no podía evitar sentirse así. Ahora que la humanidad tenía una esperanza, él había perdido por completo toda esperanza.

AGRADECIMIENTOS

A TODOS LOS AMIGOS DE Grupo Nelson: ciertamente inspiran al mundo.

A los que siguen la saga de Ione y aman a sus personajes: Tes, Susi, Patas Largas, Mary, Mike y Katty.

A Pedro, que ha recorrido los mismos valles que yo y ha visto mi mundo interior.

A C. S. Lewis, J.R.R Tolkien, Ray Bradbury y Julio Verne, creadores de mundos.

ACERCA DEL AUTOR

MARIO ESCOBAR GOLDEROS, LICENCIADO EN Historia y diplomado en Estudios Avanzados en la especialidad de Historia Moderna, ha escrito numerosos artículos y libros sobre la Inquisición, la Reforma Protestante y las sectas religiosas. Colabora como columnista en distintas publicaciones. Apasionado por la historia y sus enigmas ha estudiado en profundidad la historia de la iglesia, los distintos grupos sectarios que han luchado en su seno y el descubrimiento y la colonización de América, especializándose en la vida de personajes heterodoxos españoles y americanos. Para más información, visitar www.marioescobar.es.

CPSIA information can be obtained at www.ICGtesting.com
Printed in the USA
LVOW04s1908080913

351482LV00001B/1/P